독자님, 이렇게 책으로 만나뵙게 되어 영광입니다.

블로그, SNS, 유튜브 등에 이 책을 읽은 리뷰를 남겨주시면

큰 힘이 됩니다.

리뷰에는 사진을 찍어 올려주시면 더욱 감사합니다♡

동영상으로 촬영하셔도 됩니다.

독자님의 따뜻한 감상평은 독서의 시간을 더욱 아름답게 할 것입니다.

앞으로도 더 좋은 책으로 만나뵙겠습니다.

착한 편과 나쁜 편 중 웃긴 쪽 편들 거지

착한 편과 나쁜 편 중 웃긴 쪽 편들 거지

초판 1쇄 발행 | 2020년 10월 30일

지은이 | 씩씩한 이과장
펴낸이 | 김지연
펴낸곳 | 생각의빛

주 소 | 경기도 파주시 한빛로 70 515-501

출판등록 | 2018년 8월 6일 제 406-2018-000094호

ISBN | 979-11-90082-74-7 (03810)

원고 투고 | sangkac@nate.com

ⓒ씩씩한 이과장, 2020

* 값 13,200원

* 생각의빛은 삶의 감동을 이끌어내는 진솔한 책을 발간하고 있습니다. 참신한 원고가 준비되셨다면 망설이지 마시고 연락주세요.
이 도서의 국립중앙도서관 출판예정도서목록(CIP)은 서지정보유통지원시스템 홈페이지(http://seoji.nl.go.kr)와 국가자료종합목록 구축시스템(http://kolis-net.nl.go.kr)에서 이용하실 수 있습니다. (CIP제어번호 : CIP2020041951)

착한 편과 나쁜 편 중 웃긴 쪽 편들 거지

씩씩한 이과장 지음

생각의빛

웃긴 쪽 편입니다

나는 80년대 언젠가에 태어나서 시골에서 어린 시절을 보냈다. 신비로운 이미지를 만들고 싶으니 이 정도로 모호하게 적어야지.

다녔던 초등학교와 중학교는 폐교된 지 꽤 오래다. 고향 집 가까이 있지만, 졸업 후 한 번도 찾아가지 않았던 모교들이 없어졌다는 이야기를 듣고 조금 아쉬웠다. 하지만 여전히 건물은 남아있는 그곳에 굳이 찾아갈 생각은 들지 않는다. 가끔 '시골'인 고향에 가면 큰길의 낡고 먼지 뽀얀 간판들이 마을과 함께 고스란히 나이를 먹는 것을 확인하는 것 같은 기분이 든다.

시골에서의 삶은 어린아이였던 나에게도 꽤 무료하고 평화로웠다. 유치원에 가려고 집을 나서면서 오늘도 변함없이 적당히 평화로운 일상이구나 생각하며 하루 일과와 해야 할 숙제를 떠올렸다.

나는 어렸을 때 친구가 별로 없었다. 활동적인 놀이도 별로 재미없었고, 친구와 같이 놀다가도 잔잔히 시큰둥해지고 재미가 없어져서 금세 집으로 돌아오곤 했다. 다행스럽게도 한글을 일찍 익힌 덕분에 지적인 이미지를 구축해서 그럭저럭 별로 사교적이지 않은 성격을 버무릴 수 있었다.

　칭찬에 은근히 약한 나는 어쩌다 읽은 글씨를 할머니에게 잔뜩 칭찬받은 걸 계기로 열심히 한글을 익혔다. 그리고 근방에서 유일하게 어린이 신문을 구독하는 어린이가 되었다. 아침마다 신문을 꼭 바닥에 펼쳐두고 보시는 할아버지 옆에서 할아버지와 똑같은 자세로 앉아 어린이 신문을 펼쳐두고 읽었다. 가끔 쓸데없는 정보를 어른들에게 알려줄 때는 매우 기분이 좋았다. 글은 참 유용하고 편리하다는 것을 알고 활자 매체를 좋아하게 되었다.
　'어린이 나'의 큰 낙은 만화 월간지가 나오는 날을 기다리는 것이었다. '우주에서 온 왕자'라는 만화를 너무 좋아해서 어디에 갈 때면 꼭 들고 다니는 애착 책으로 삼았다. 아빠가 허락해주는 어른 책 중 특히 리더스 다이제스트 같은 외국 이야기가 나오는 월간지가 마음에 들었다. 책 안의 새로운 이야기와 사람들이 매력적이었기 때문이다.
　책에는 아침부터 저녁까지의 하루하루가 똑같은 내 삶과는 전혀 다른 재미있고 흥미로운 이야기와 용기 있고 정의로운 매력적인 사람들이 가득했다. 거기다 무려 실화라니! 책을 읽다 보면 실제의 매일은 어린 마음에도 참 밋밋하게 느껴졌다. 좀 더 다양하고 재미있는 일을 겪으면 좋겠는데 내 하루는 오늘도 똑같구나 하고 초조하기도 했다.
　책을 읽기 시작하며 책을 통해 처음으로 다양한 감정에 대해 어설프게 익히고 그 존재를 확인했다. 정확히 말하면 일상에서는 없는 자극을 통해 새로운 감정을 느꼈고, 책에 나오는 사람들을 통해서 그 감정을 표현하는 방법을 배웠다. 이건 사람들이 '분노'라는 이름으로 부르는 감정이구나. 이런 때는 웃는 게 약속 같은 거구나. 그런데 이렇게 익힌 감정이나 표현 방법이 실제 상황에 다르게 적용되면 매우 혼란스러웠다.

가장 기억에 남는 순간은 이러하다. '맹꽁이 서당'을 매우 사랑하던 5살의 나는 아빠와 손잡고 길을 걷고 있었다. 이미 그 시점에서 나는 꽤 신나 있었다. 그러다가 마주 오는 사람을 보고 만화의 즐겁고 유쾌한 학동들의 말투가 떠올라서 "홧! 뚱땡이다!"하고 씩씩하게 내질렀다. 그와 거의 동시에 아빠에게 눈앞이 새하얗게 (표현으로만 있는 게 아니었다!) 보일 정도로 아픈 꿀밤을 얻어맞았다. 너무 아팠지만, 영문도 모르고 맞은 꿀밤에 당황해서 눈물도 나오지 않았다. 나는 지금 왜 맞은 거지? 울어야 하나, 웃어야 하나, 멋쩍어해야 하나 열심히 생각했다.

만화에서 저 대사는 덩치가 큰 사람이 등장했다는 상황을 설명하는 용도로 쓰였고 뚱땡이라고 불린 사람도 큰 불쾌함 없이 당당하게 "여기 곱빼기로 3인분 주시오. 껄껄." 하고 넘어갔다. 하지만 현실에서는 누군가에게 상처와 불쾌감을 줄 수 있는 말이라는 것을 마음으로 알게 된 것은 훨씬 나중의 일이다. 만화나 책의 등장인물들에는 자신이 맡은 역할을 충실하게 연기한다는 '극적인 요소'가 있다는 것도 그때는 당연히 몰랐다.

삶은 이렇게 책을 통해 확인한 감정과 표현을 현실에 적용하며 다양한 시행착오를 겪는 과정의 연속이었다. 책이 맞을 때도 많았지만 틀릴 때도 있었다. 내가 지금 기뻐해야 하는지 화내야 하는지 헷갈리거나 어떻게 행동하고 반응해야 하는지 알 수 없을 때도 많았다. 왜 이런 알 수 없는 상황이 종종 일어나는지 가만히 생각해보니 두 가지 이유가 떠올랐다.

사람은 생각보다 다양한 기준을 가지고 있기 때문에 반응과 감정에 대한 정답이 없다는 것이 첫 번째이다. '이런 경우 많은 사람이 이렇게 생각하고 있을 거야.', '이게 사회적으로 상식적일 거야.'라고 생각한 것조차 보기 좋게 빗나갈 때가 많았다. 내가 기존에 생각한 보통의 기준이 흔들릴 때가 너무 많았다. 생각보다 정말 다양한 사람들이 있는 것이다. 아니, 정확히 말하면 같은 사람이 하나도 없으니 나에 대한 상대방의 반응도 매번, 매 상황 다른 것이 오히려 당연하다. 다른 사람에게서 항상 내가 원하는 반응을 얻기란 힘들다.

그리고 자기감정에 대해서 나만큼 낯설어하는 사람이 많다는 것이 두 번째이다. 다양한 감정이 동시에 몰려와서 뭐라고 말하기 어려울 때도 있고, 분명히 어떤 감정을 느끼고 있는데 한마디로 정의하기 어려울 때도 있다. 심지어 기쁜 건가 했는데 나중에 곱씹어보니 속상했던 적도 있다. 내가 내 감정에 대해서 정확히 파악하는 것은 너무 어려운 일이다. 뒤죽박죽인 이 감정을 뭐라고 해야 하지? 라고 생각할 때, 그 모든 감정에 더해서 혼란스러운 감정까지도 그 순간에 동시에 느끼고 있는 것이다.

본인이 느끼는 감정조차 알기 어려운데, 그 표현 방법이야 말할 것도 없다. 다양한 감정에 대해 표현하는 방법에 맞는 것이 어딨겠는가. 울어도 웃어도 화내도 그 무얼 해도 그것이 그때 그 사람의 표현이다. 애초에 맞다, 틀리다로 깔끔히 정의되기가 어렵다.

사람마다 기준이 다른 만큼 정확한 답도 법칙도 없고, 같은 상황이라고 해도 누구는 웃고 누구는 운다. 심지어 나조차도 비슷한 상황에 감정이 바뀐다. 상대방의 감정 역시 항상 잘 맞추고 배려할 수 없다. 이렇게 되니 차라리 마음이 편하다. 아! 정말 나는 내가 좋으면 되는구나.

이 간단하고 다들 곧잘 하는 말을 마음으로 온전히 납득하기는 왜 이리 힘든지. 내가 좋은 게 좋은 거라고 하면서도 결국 사회적 동물로서 눈앞의 사람 기분과 반응에 신경이 쓰인다. 하지만 다른 사람의 감정이나 반응은 내가 책임지고 싶어도 책임질 수 없다는 것을 겸허히 받아들이고, 내 감정을 최선을 다해 책임지기 위해서 내 마음을 잘 들여다보려고 한다. 가끔은 '되고 싶은 나'가 되기 위해서 필사적으로 나의 감정을 속이기도 한다. 난 항상 '밝고 행복한 나'가 되고 싶기 때문이다. 하지만 끝내 나 자신까지는 속일 수 없어서 이렇게 속이고 외면한 감정들은 없애지 못한 테트리스 조각처럼 마음에 쌓여서, 언젠가는 삐죽하게 떠올라 나를 불편하게 한다.

'감정'이란 것을 표현에 무게를 두어 특정 상태나 상황에 대한 외적 반응을 포함한 내적 반응이라고 정의해보면, 감정의 많은 부분이 사회생활을 통하여 익혀지거나 학습되는 것 같다. 특정 상황에서 느껴지는 감정을 어떻게 정의하고 반응해야 내 마음이 편한지 알기 위해 많은 경험적 데이터가 필요했다. 사실 지금도 서투르다.

이런 내 감정이나 표현을 지배하는 가장 근본적이고 원초적인 본능이 있으니, 그것은 바로 '너무나 사랑받고 싶어.'이다. '누군가 날 알아봐 줬으면 좋겠어.', '이해받고 싶어.' 등의 강렬한 욕구를 거느린 '사랑받고 싶어.'는 내가 인간이기에 원죄처럼 짊어지고 태어난 굴레다. 다른 사람의 사랑이나 관심 따위 필요 없다고 한참을 인정하지 않았지만, 결국 나는 항상 사랑받고 싶었다.

나를 혼내는 선생님이 미웠던 이유는 선생님에게 사랑받고 싶은데 나를 혼내고, 사랑해 주지 않아서였다. 미운 선생님에게 "나를 혼내시다니 선생님 미워요!"라고 말하지 못하고 어설픈 표정으로 웃었던 이유도, 내가 저런 말을 하면 나를 더 사랑하지 않을까 봐서였다. 친구와 싸운 이유도 나를 이해해 주지 않는 친구가 나를 사랑하지 않는 것 같아서였다. 누군가에게 화를 내는 이유도 화를 내면 나를 다시 쳐다보고 사랑해줄까 봐서였고, 누군가에게 잘해주는 이유도 더욱더 사랑받고 싶어서였다. '사랑받고 싶어.'라는 본능은 내가 의식하지 못하는 사이에도 매 순간 온갖 감정을 만들어 내어 나를 휘둘렀고, 나는 사랑받고 싶어서 감정에 휘둘리면서도 적절하게 표현하려고 노력하며 살고 있다. 감정을 내외적 반응이라고 정의해서 다른 사람들에게 잘 표현하고 싶은 이유 또한 사랑받고 싶어서이다.

하지만 나에게 이토록이나 처절한 '사랑받고 싶어.'에서 자유로우면서도, 경험이나 책을 통해서 익히지 않고 기본적으로 탑재되어있던 감정이 있는 것을 알았다. 어느 순간 부처님이 보리수나무 아래에서 깨달음을 얻었듯이, 문득 나와 동시에 태어나고 표현된 특별한 감정이 있다는 것을 알았다.

내가 기억하는 가장 어렸을 때부터 나는 그 감정을 생생히 느꼈으며 즐기고 좋아했다. 그래서 그 감정을 세상에서 익힌 것이 아니라, 원래부터 나에게 존재하던 감정이 틀림없다고 믿기로 했다. 그것은 바로 '웃김'이라는 감정이다.

'웃김'은 배울 필요 없이 순수히 나에게 존재했다. 태어난 후에 찍은 첫 사진만 봐도 난 뭔가에 웃겨 하는 표정을 짓고 있다. 이 세상 모든 것에 웃겨 하는 얼굴이다. 이 감정에 '웃음'보다 '웃김'이란 단어를 붙인 이유는 '웃김'이 더 무의식적이기 때문이라고 말하고 싶다. 의식적으로 웃을 수는 있지만, 의식적으로 웃겨 하기는 어렵다.

언뜻 애매하고 모호한 단어인 이 '웃김'은 정말 강하다. 거의 무적이다. 기쁠 때도 웃기고 슬플 때도 웃기다. 화나다가도 웃기고 하늘을 보다가도 웃기다. 얼굴만 봐도 웃긴 사람. 어떻게 왜 이렇게 시도 때도 없이 웃기는지 알 수 없어서 '웃김'은 더 매력적이고 신비롭다. 웃긴 순간은 한없이 자유롭다. 그래서 이 웃김이란 감정이 너무 좋다.

이런 내 특징을 눈치챈 친구는 일찍이 나에게 "너 착한 편과 나쁜 편이 있으면 웃긴 쪽 편들 거지?"라고 물어본 적이 있다. 이 웃김을 발동시키는 상황은 대개가 사람들에게 소위 '유치'하다고 일컬어질 때가 많은 것을 부정하기 어렵지만……. 유치한 것이 언제나 안 좋은 것은 아니다. 오히려 유치함은 그 안에 큰 사랑스러움을 포함하고 있는 경우가 많다.

나는 굉장히 웃기고 유치한 것을 좋아하는 사람으로 태어나서 그대로 웃기고 유치한 것을 좋아하는 어른이 되었다. 그리고 다른 사람들에게도 정도의 차이는 있지만, 나처럼 웃기고 유치한 것을 좋아하는 구석이 있으리라 생각한다.

나는 시골에서의 평화로운 어린 시절 추억과 다행히 책을 좋아했기에 '소위' 명문대 학생 시절을 거쳐 '소위' 대기업 과장으로 3단 변신한 지금까지의 내 웃기고 일상적인 이야기를 소소하게 공유해보고자 한다. 하루라는 시간에 녹아있는 평범한 이야기들 말이다.

그럼으로써 이 세상 모든 웃김과 유치함을 적극적으로 인정하고 무한한 공감을 표현하고 싶다. 또한, 특별한 게 없어 보이는 일상의 순간이 작은 웃김으로 자유롭고 아름다워질 수 있다고 말하고 싶다. 그리고 이것이 누군가에게 조금이나마 삶의 한순간에 평화와 위로로 남았으면 좋겠다.

많은 사람이 삶의 평범한 부분을 웃김으로 승화하며 살고 있으니, 나도 조금 더 기운 내서 내일 아침 반짝 눈을 떠볼까 하는 정도면 좋겠다.

아까 유치함은 큰 사랑이라고 슬그머니 말했듯이 많은 소소한 웃긴 이야기들은 거의 사랑 이야기로 귀결되는 것의 삶의 큰 사랑스러운 부분이 아닐까 싶다.

제1장. 가족과의 일상

낙타 등장

내 인생 바야흐로 4살 훌륭하고 멋진 어린이 시절, 나는 크나큰 득템을 했다. 바로 동생 '낙타'가 생긴 것이다.

친척들은 나에게 실물 낙타의 등장 이전부터 '너는 곧 동생이 생길 테니 동생을 잘 돌봐줘야 해.'라고 다양한 방식으로 사명감을 불어넣었다. '아니 도대체 동생이 뭐길래 다들 난리지.' 하면서도 같이 뭐 하고 놀지 생각도 해보고, 양보할 장난감도 정해놓고 하며 나름의 동생 맞이 준비도 했다.

이런 준비도 슬슬 지겨워질 무렵, 드디어 상봉한 낙타는 생각보다 훨씬 위협적인 존재였다. 예상보다 너무 작고 각오는 했지만, 생각보다 너무 말이 통하지 않았다. 내가 챙기고 놀아주기는 어렵겠다 싶어서 난감한 기분이었다. 준비해 두었던 놀 거리가 통하지 않을 것이라는 걸 보자마자 알았다. 그런 작은 아기를 본 것은 처음이었다.

엄마 아빠가 낙타를 처음 본 기분이 어떠냐고 물어봤을 때는 "으응, 작고 동생 같네."라고 덤덤하게 대답했지만, 조그만 얼굴 안에서 쉴 새 없이 표정이 변하는 것이 너무 신기하고 귀여워서 어른들이 없을 때 몰래 낙타의 얼굴을 엄청나게 만져봤다. 그리고 다들 이 귀엽고 작은 것만 좋아하면 어쩌지 하고 불안해서 낙타가 온 뒤부터 한동안 정말 착한 어린이인 척 의젓하게 굴었다. 아빠에게 착 붙어서 아양을 아주 많이 떨었다.

표정은 쿨하고 가슴은 뜨거웠던 어린이였던 나와는 달리 낙타는 매우 태평하고 느긋하고, 먹을 것을 먹여주면 울다가도 금방 빵긋빵긋 웃으며 잘 먹는 아기였다. 나는 밤마다 울어서 엄마가 밤에 울지 말고 잘 자라는 간절한 마음으로 병아리를 그려서 거꾸로 붙여놓기도 했다는데, 낙타는 잘 자고 잘 먹고 잘 웃었다. 손이 덜 가는 키우기 쉬운 아기였다고 한다.

그리고 지금은 애석하게도 그때와는 많이 달라졌지만 아기 낙타는 얼굴이 굉장히 귀여웠다. 웃어도 귀엽고 울어도 귀여웠다. 할아버지는 낙타가 배우같이 예쁘다고 진실이라고 부르셨다.

내 책임 산하에 있는 귀여운 얼굴의 낙타가 너무 사랑스러워서 잘해주다가, 우는 것도 귀여워서 울렸다가, 다시 잘해주다가 했다. 삐뚤어진 애정 표현을 난 참으로 일찍이 몸에 익혔다. 가끔은 그런 광경을 부모님에게 들켜서 혼나기도 했지만, 그건 나 나름의 애정을 굳건히 하는 과정이었다.(라고 생각한다.) 울다가도 내가 잘해주면 금세 웃는 작은 낙타를 잘 챙기고 다른 사람은 낙타를 괴롭히지 못하게 해야겠다고 생각했다.

낙타는 어린 시절 나에게 순진하고 믿음직한 부하이자 좋은 장난감이었다. 신기하거나 궁금한 것이 생기면 낙타를 통해 확인할 수 있는 것이 많았다. '간신히 균형을 잡고 앉아서 작은 손으로 더 작은 빵조각을 들고 행복한 표정으로 먹는 앞머리가 모두 잘린 어린 낙타의 사진' 같은 나의 호기심의 물적 증거가 앨범 곳곳에 남아있다. 서 날, 내 앞머리와 낙타의 앞머리를 가위로 막 입힌 잔디같이 잘라버려서 부모님께 엄청나게 혼났었다. 어린이가 위험하게 가위를 사람에게 사용한다고 "앞으로 또 그럴 거야 ╱ 안 그럴 거야 ╲"를 100번도 넘게 들었고, "안 그럴게요↓ 안 그런다고오 ╲╲"를 100번도 넘게 말했던 날이었다.

나중에 많은 지적인 언니들이 동생들에게 그런 종류의 테스트와 실험을 한다는 것을 알았다. 나는 그래도 양심적으로 내 앞머리부터 자르고 외롭지 않게 같은 길을 가려고 낙타의 앞머리도 잘랐다. 자매는 투게더지! 가끔 낙타가 귀찮을 때도 있었지만, 가장 먼저 챙기게 되는 것도 내 동생 낙타였다.

이 작고 귀여웠던 낙타는 지금은 나보다 훨씬 커지고 훨씬 시니컬해졌지만 여전히 단순하고 태평하고 느긋해서 보기만 해도 안심이 되는 구석이 있는 중대형 생물체가 되었다. 낙타의 등장으로 인해서 나와 우리 가족의 삶은 훨씬 따뜻하고 웃기게 되었다. 낙타와 함께 살고 학교에 다니던 때는 매일이 느긋하고 평화로웠다. 낙타는 주변을 덩달아 느긋하고 평화롭게 만드는 힘이 있고, 이러한 낙타의 속성 때문에 차후에 얘기하게 될 많은 에피소드가 태어나기도 했다.

가족의 웃긴 포인트를 찾아봅시다. 저는 밤마다 잘 자란 인사를 하려는 의도로 낙타가 '수고혀'라는 카톡을 보내오는 게 웃겨요.

첫 독립 여행의 추억

자존심 강한 아이의 성장기를 그린 만화를 보다가 초등학교 2학년 겨울 방학 때 큰이모네 갔던 일이 생각났다. 큰이모는 아들만 셋이라 나만 보면 자꾸 쓰다듬으며 예뻐해 주셨다. 우리 집에 놀러 오신 큰이모는 그때도 나를 많이 쓰다듬어 주시더니, 집에 돌아가실 때가 되자 갑자기 "이모 따라서 이모네 집에 갈래?"라는 돌발 제안을 하셨다.

나는 쓰다듬어 주는 것이 기분이 좋았던 데다가 모험 떠나는 느낌이 들어서 '드문 퀘스트니까 기회를 잡고 도전에 맞서자!' 하는 기분으로 흔쾌히 따라간다고 했다. 퀘스트란 곧 보상이나 레벨 업과 연결되는 법 아니겠는가. 엄마 아빠 없이 가는 첫 '다른 집'이라서 새롭고 신기한 일이 많을 것 같아서 밑도 끝도 없이 흥이 났다. 든든한 부하 낙타도 지참하고 싶었는데 낙타는 아직 어리다고 집에 남기로 했다.

큰이모 댁에 가니까 과자랑 장난감을 많이 주셨다. 하지만 장난감은 너무 어린이용이라 취향이 아니었고, 애초부터 큰 매력이 없던 과자는 작은이모네 사촌 오빠가 와서 다 먹어버렸다. 큰이모가 아침마다 머리를 쫑쫑쫑 땋아 주셨다. 너무 바짝 땋아 주셔서 머리가 좀 아픈데 말을 못 했다. 큰이모가 대중목욕탕에 같이 가자고 하셔서 따라갔는데 샴푸도 비누도 냄새가 집 것과는 너무 달라 낯설었다. 물맛도 다르고 음식의 맛도 낯설었다. 무엇보다 내 전속 부하 낙하가 없으니 심심했다. 사실 하루 만에 집에 가고 싶어졌는데 묘한 자존심이 있어서 말할 수 없었다.

나이 차이가 많이 나는 사촌 오빠들도 나랑 놀아주기 난감했는지 계속 내 머리만 이리저리 묶어줬다. 둘째 오빠는 당시 보급되기 시작하던 컴퓨터로 9살 나의 토정비결을 봐주고 바이오리듬을 측정해 주었다. 오빠들도 고민이 많았지 싶다.

나흘째 되던 날 조용히 함박눈이 내렸다. 다 읽은 책을 또 읽다가 큰이모가 자자고 하셔서 불을 끄고 같이 누웠다. 옆으로 누워서 창밖을 보니 바깥 창문에 눈 그림자가 비치고 창문의 격자무늬가 가로등에 비추어져 아스라한 그림자를 보니 갑자기 서글펐다. 이 순간은 모든 인간의 DNA에 박혀있는 바로 그 '고향과 부모님이 생각나는 순간' 아니겠는가.

급격하게 모든 그리움이 우다다다 밀려왔는데 티 나게 울기 싫어서 이불 속에서 몰래 눈을 비비고 있었다. 이불 안에서 계속 뽀시락거렸더니 큰이모가 일어나서 방의 불을 켜시며 "우니?"라고 물어보셨다.

난 어차피 들킨 김에 시원하게 꺼이꺼이 울며 내일 집에 가겠다고 선언하고 홀가분한 마음으로 잤다. 다음 날 당시 대학생인 막내 사촌 오빠와 집으로 신

나게 돌아왔다. 둘째 오빠가 프린트해 준 토정비결과 바이오리듬 종이도 전리
품으로 자랑하려고 잘 챙겨왔다. 차표가 없어서 입석으로 기차표를 샀는데 어
떤 부부께서 자리도 양보해주셨다. 그 친절하신 부부 사이에 끼어서 잘 졸며
3시간 동안 기차를 탔더니, 함박눈이 내린 서울보다 더 많은 눈이 내린 고향
기차역이었다. 연락을 받은 엄마 아빠가 기차역에 마중 나와 계시더니 나를
보고 반가워하면서도 '그럴 줄 알았다.'라고 하셨다. 그럴 줄 알았으면 왜 나를
보내셨어요.

집에 와보니 나보다 할아버지, 할머니께서 더 쓸쓸해하고 계셔서 또 눈물의
상봉을 했다. 뛰어가서 할아버지, 할머니를 껴안고 부비부비를 했다.

막내 사촌오빠는 우리 집에 와서 태어나서 처음 그렇게 많은 눈을 봤다며
내리 이틀을 더 놀다가 갔다. 눈 내리는 날은 야외 활동에 큰 재미를 못 느끼
는 어린이인 나도 동네 멍멍이들처럼 기분 좋아지는 날인데 사촌 오빠도 그랬
나 보다. 사촌 오빠와 눈 위에서 웃긴 사진도 찍고 낙타와 셋이 눈사람도 만들
며 난 바로 마음의 안정을 찾았다.

그리고 성실한 초등학생은 고향으로 돌아온 날의 일기 마지막을 '역시 집이
최고다!'라 문장으로 끝을 맺었다.

혼자 떠난 첫 여행은 언제인가요? 그때 어떤 재미있는 일이 있었나요? 저는
내내 서러움을 참다가 큰이모 말 한마디에 목놓아 울어버린 포인트가 웃겼어요.
얼마나 속 시원했던지!

크리스마스의 추억

유치원과 초등학교 때, 크리스마스이브 미사가 끝난 후 어린이들이 모두 모여 성당 강당에서 공연을 했다. 어른들도 자녀들의 공연을 구경하러 왔기 때문에 꽤 큰 행사였다. 공연을 하기 위해 크리스마스 한참 전부터 거의 매일 성당에 모여 이브에 할 공연 연습을 해야 했다. 애석한 부분은 나는 항상 내 의지가 전혀 반영이 안 된 역할을 맡았었다는 것이다.

어느 크리스마스 때, 낙타는 아기천사 역할을 맡았다. 같이 연극을 보는 초등부 친구들에게 저 유아부 아기천사가 내 동생이라고 은근히 자랑했다. 낙타는 머리에 별을 달고 하얀 예쁜 옷을 입고 요술봉 같은 것도 들고, 대사도 짧고 아름다웠다. 나도 그렇게 별거 안 해도 되지만, 짧게 나오고 멋있고 강렬한 역할을 하고 싶었다.

하지만 나는 6년 내내 잘하지도 못하는 댄스팀으로 배정되어 마뜩찮은 표정을 짓고 춤을 춰야 했다. 엄마, 아빠는 매년 크리스마스 공연이 끝날 때마다 화난 사람 같다고 춤추면서 좀 웃으라고 하셨지만, 정작 나는 사람들 앞에서 똑같은 옷을 입고 큰 음악 소리에 맞춰서 몸부림을 치는 것이 부끄러웠고 어떤 표정을 지어야 좋을지 마음이 복잡했다. 일단 즐겁지 않는데 웃기 어려웠다. 어린이이기 때문에 겪는 하나의 정기적 수난 같은 것이고, 많이 움직이니까 하고 나면 건강에라도 좋겠지 하고 긍정적으로 생각하려고 노력했다.

춤의 장르도 다양해서 3학년 때는 플라멩코를 췄다.

왜, 크리스마스에, 검은색 답답한 목티와 자주색 닭벼슬 같은 조잡한 레이스 치마를 입고, 연습 기간 중 세 번 정도 싸운 짝과, 눈도 안 마주치며 플라멩코, 왜······.

플라멩코에서 짝과 한쪽 팔짱을 끼고 도는 부분이 있었다. 서로 삐져서 팔짱도 대충 끼고 고난 수행하듯이 플라멩코 공연을 끝냈을 때, 온 세상은 노엘로 가득한데 나는 왜 비로소 숙제가 끝난 홀가분한 기분인 건가, 어린이의 삶도 정말 쉽지 않구나 싶은 마음이 들었다.

같은 팀에는 잘 추고 주목을 받고 싶어 하는 애들도 있었다. 공연 때마다 화려하게 꾸미고 빵긋빵긋 웃으며 춤을 추는 애들을 보면 확실히 좋아 보이고 기분이 밝아지기는 했는데, 내가 그러고 있는 것은 잘 상상이 안 되었다. 춤을 춰야 한다면 혼자 아무도 안 보는 곳에서 강시 춤을(강시 콩시 팡팡시는 당시 최대 유행이었다.) 추는 것 정도가 신이 났지······.

4학년 때는 'Wake me up before you go go'에 춤을 춰야 했는데 내 표정은 그때도 장엄했다. 그러나 나는 싫다고 해서 결코 연습을 소홀히 한 것은 아니었다. (나는 성실한 어른은 되지 못했지만, 정말 성실한 어린이였다. 일생의 성실을 어렸을 때 다 써버렸기 때문이다.) 학교가 끝나면 지친 어린이의 몸을 이끌고 먼 성당까지 가서 작은 석유 난로 하나만 있는 추운 강당에서 음악에 맞추어 체조같이 움직이며 춤 연습을 했다. 성당은 멀고 오르막이라 가기 싫었는데 그래도 갔다. 집에 와서도 방에서 몰래 춰보고는 했다. 공연은 내키지 않지만 해야 하는 운명이 되어버렸고, 틀리면 더 부끄러워질 것이니 그런 사태는 피해 보고 싶었다.

크리스마스 공연 일주일 전 어느 날, 성당의 대학부 언니가 오더니 가운데였던 내 자리를 같은 공연을 하는 자기 동생 자리랑 바꿔버렸다. 그 아이는 키가 커서 가장 뒷줄에 서던 아이였다.

대학부 언니는 나와 그 아이의 자리를 바꾸고 나서 우리 팀에게 춤을 춰보라고 하고 춤추는 우리를 흡족히 바라보았다. 그러더니 나란히 서서 연습을 지켜보던 본인과 친한 초등부 선생님에게 "봐, 내 동생이 가운데에서 저렇게 머리를 찰랑찰랑 흔드는 게 훨씬 더 예쁘지?"라고 했다. 뭐 굳이 가운데 있고 싶었던 것은 아니지만, 어린 마음에도 슬쩍 빈정이 상했다. 일단 내 머리도 길고 찰랑찰랑했는데……. 하지만 사람들에게 덜 보이는 뒷줄도 좋아서 묵묵히 춤을 수행했다.

그리고 크리스마스이브 공연을 앞둔 마지막 연습이 끝나고, 산타 할아버지가 없다는 사실을 아이들에게 통보 당하듯 알았다. 산타 할아버지의 존재에 대한 논란이 있다는 것은 어렴풋이 알았다. 하지만 그것에 대해서 궁금해하는 것 자체가 금기인 것 같아서 애써 외면해왔다. 원래는 '있는 것'인데 '없나?' 하고 의심하는 순간 '없는 것'이 되어버리는 마법 같은 것일 수도 있으니까. 이렇게 고이 간직해오던 마음인데, 준비도 안 된 상태에서 갑자기 모든 아이들이 나에게 산타 할아버지는 없다고 알려줬다.

입 꾹 다물고 집에 와서 엄마에게 "진짜 산타 할아버지 없어?" 하고 물어보니 '매년 크리스마스 밤 나에게 선물을 놓고 간 사람은 엄마, 아빠지만 산타 할아버지는 마음속에 있다.'고 아주 수상한 대답을 해주셨다. 왜 산타 할아버지 카드 글씨체와 엄마 아빠 카드의 글씨체가 같다는 것을 눈치 못 챘었을까. 그리고 내가 '진상을 알았다.'는 사실은 바로 어른들의 데이터에 반영이 되어 다음 해부터 '산타 할아버지 몫'의 크리스마스 선물이 하나 줄었다.

의미를 알 수 없는 플라멩코, 마음속에서 떠나보낸 산타 할아버지, 처음 혼자 떠난 큰이모네 여행, 어린 시절 겨울의 추억에는 다양한 삶의 도전이 깃들어 있구나.

크리스마스에 어떤 웃긴 기억이 있었나요? 전 플라멩코 추던 짝꿍과 서로 입으로는 험한 말 하며 몸은 열심히 움직여 공연했던 것이 오그라들면서도 지금 생각하니 웃겨요. 그대로 자랐더라면 회사에서 더 자본주의적 리액션에 능했을 텐데 애석하도다……

세 모녀의 추억

어린이 시절 나는 대외적으로는 감정 표현을 자제하고 의젓해 보이고 싶어 했지만 어떤 기준의 하고 싶은 말은 정확히 했다. 내 욕구나 기분을 얘기하고 표현하는 것은 부끄러웠었지만, 이해가 안 가거나 부조리하다고 느끼는 부분은 계속 물어보거나 이유를 알려달라고 했었다. 마음에 안 든다는 표현을 간접적으로 하기 위해 그랬던 적도 있지만, 순수하게 정말로 궁금했던 적이 대부분이었다. 지금은 회사원이 되었기 때문에 마음에 안 들 때도 이해가 되지 않을 때도 '네, 네.' 하고 있다. 이 스킬 획득에는 꽤 오랜 시간이 걸렸다. 회사에 가서 회사원 모드 스위치를 켜면 '내 기분이나 내 정의의 기준은 나한테 밖에 중요하지 않은' 정도의 권한을 가진 월급쟁이로 행동하려고 노력한다. 그러나 가끔 동료들이 좀 더 밝은 표정으로 '네, 네.' 하면 더 효과적일 것이라고 알려주기도 한다.

나중에 엄마에게 들었는데 하여튼 따지고 묻기 좋아하던 어린 시절 내 행각 때문에 선생님들 중에서는 내가 '애 같지 않아서' 부담스럽다고 얘기했었던 사람도 있었나 보다. 아무리 그래도 그걸 엄마 귀에 들어가도록 말하다니 엄마가 조금 속상했겠네.

별로 안 귀여운 성격으로 초등학교에 입학했을 때 엄마는 같은 학교 6학년 담임 선생님이었다. 거의 전교생들이 학교 주변 고만고만한 곳에 살고 있어서, 1학년 오후 수업 날에는 집에서 점심밥을 먹고 다시 학교로 왔다. 오후 수업이 있는 날, 나도 집에 가서 할아버지, 할머니와 밥을 먹고 그날따라 두 분 다 일이 있어서 혼자 학교로 왔다. 비가 추적추적 오는 날이었다.

그런데 조금 늦어서 뛰어오다 하필 운동장 한가운데에서 앞으로 넘어지고 말았다. 바지가 흙탕물로 다 젖었다. 손을 짚고 넘어져서 손도 까매지고 까져서 피가 났다. 잠시 당황했지만 의젓하게 일어나서 다시 우산을 집어 들고 우리 교실 문 앞까지 왔다.

그리고 거기서 무슨 생각을 했는지 난 결심하고 발걸음을 돌려서 찬찬히 학교 저 끝 2층에 있는 엄마의 교실로 갔다. 지금도 그때 내가 왜 그랬는지 잘 모르겠다. 그렇게 해야겠다고 마음먹었던 것만 생각난다.

6학년 교실로 찾아간 나는 막 수업을 시작한 엄마 교실 앞문을 활짝 열어젖히고 매우 당당하게 눈물을 흘리며 "엄마, 나 넘어졌어! 옷도 젖었어!"하고 선전포고하듯 외치며 울기 시작했다.

마치 그런 법칙이라도 있는 양 6학년 언니, 오빠들은 일시에 와르르 웃었고, 나는 더 크게 울고, 엄마는 당황하셨다. 이상하게 나는 엄마 수업을 망쳐놓고는 왠지 갑갑했던 마음이 조금 풀렸다. 나는 그때부터 돌발 행동을 좋아했나 보다.

엄마는 곧 평정을 찾으시고, 왠지 나를 달랜다기보다는 설득하셔서 집에 보내서 옷을 갈아입혔다. 나중에 낙타에게 이 얘기를 해주자 "언니는 꼭 그렇게 가끔 엉뚱한 짓 하더라." 하며 좋아했다. 엄마에게 기억나냐고 물어보자 엄마는 "기억은 안 나는데…….그랬을 것도 같네."라고 대답했다.

그리고 다음 해 엄마는 다른 학교로 가셨지만, 내가 6학년 때 다시 우리 학교로 오게 되셨다. 그 학교가 우리 집에서 가까워서 나처럼 아침잠을 사랑하는 엄마에게 매우 매력적인 곳이 아니었나 싶다. 거기다 당시 3학년에 동생 낙타도 있었다. 나랑 낙타랑 엄마가 한 학교에 모이게 된 것이다.

학교생활은 정글이었다. 우리 학교만 그랬는지는 몰라도 고학년이 되어서도 남녀끼리 때리며 싸우는 일이 많았다. 힘이 세야 귀찮지도 않고, 남의 눈치 덜 보며 하고 싶은 것을 하면서 지낼 수 있었다.

나는 5학년 때까지는 남자애들과 곧잘 치고받고 싸우고, 가끔 2학년 낙타네 교실로 원정도 가서 낙타를 괴롭히는 애들과도 대신 싸웠다. 세 살이나 많은 주제에 미묘한 부분에 아낌없는 언니의 사랑을 발휘했다.

대신 나보다 친구가 많던 낙타는 우리 학년 애들 중 싸움은 못 하지만 발이 빨라서 내가 못 잡는 애들을 자기 친구들과 함께 잡아서 나에게 넘겨주고는 했다. 매우 우애가 돈독한 자매였다.

다른 애가 낙타를 때렸다는 연락을 받고, 낙타네 교실로 달려간 적이 있었다. 가서 교실 미닫이문을 거칠게 여니 눈에 책상에 엎드려서 울고 있는 낙타부터 들어왔다. 낙타의 올망졸망 친구들은 낙타를 '울지마. 울지마.' 달래며 낙타를 때린 것으로 추정되는 애를 연극적으로 째려보고 있었다.

나 말고 다른 사람이 이 조그만 낙타를 때리다니, 너무 화가 나서 때린 아이를 들어 올려서 "너, 또 낙타 때릴 거야? 안 때릴 거야?" 하며 큰 소리로 다그

쳤다. "낙타가 먼저 놀렸단 말이에요." 하고 침을 질질 흘리며 우는 그 아이의 모습을 보자, 사실 나도 그 '낙타가 먼저 놀리는' 것이 뭔지 잘 알기 때문에 인간적으로 살짝 이해가 가기는 했다. 하지만 아무리 그래도 낙타를 때리는 것은 안 된다.

나는 "그럼 너도 낙타 놀리면 되지 누가 낙타 때리래!"하고 더 크게 소리를 지르며 정의로운 언니로서 다시는 낙타를 때리지 못하게 응징했다. 몇 번 그러고 나자 낙타와 낙타의 꽃사슴 같은 친구들의 교실 생활은 매우 편해졌다고 한다.

하여간 난 어른스러운 척했던 주제에 싸우기도 많이 싸웠다. 주로 내가 바른말(내 생각에)을 하면 상대방 쪽에서 먼저 때리고 내가 '우워워 니가 먼저 나를 때렸어.'하고 되받아치는 흐름이었다.

엄마가 다시 우리 학교로 온 뒤로 나는 싸우지 않기 위해 정말 많이 참았다. 초등학교 때는 싸우면 누군가가 꼭 담임선생님을 불러오고는 했다. 그 담임 선생님 뒤쪽으로 윗입술에 힘이 꾹 들어간 엄마가 등장하는 것은 상상만 해도 너무 싫었다. 집에서의 2차전이 예고되는 대형 사고이기 때문이다. 그리고 싸운 상대와 싸운 이유를 엄마에게 들키는 것은 너무나 쪽 팔렸다. 어린이들도 꽤 복잡한 이유와 기분으로 싸우는데, 다른 사람들에게 전해질 때는 그게 엄청 단순하고 바보같이 이상하게 전해지기 때문이다. 내 복잡 미묘한 상황이 그런 식으로 압축되고 왜곡되어 엄마에게 전해지는 게 싫었다. 그러면 엄마는 아빠한테 얘기할 거고 온 가족에게 소문이 다 날 테지.

다시 우리 학교로 부임하신 엄마는 이번에는 1학년을 맡았다. 당시 1학년 1학기 때에는 6학년 애들이 1학년 교실을 청소해주는 풍습이 있었다. 그리고 공교롭게도 내가 엄마네 반 청소 당번이 되었다. 담임 선생님께서 내가 빠질

거리며 청소를 대충하니까 일부러 엄마 반에 배정시키신 것 같았다.

청소 당번은 여자 둘, 남자 둘이었는데 사실은 넷이 싸우면서도 잘 놀았다. 은근히 암묵적으로 남자애들 둘이 장난치다가 먼저 도망가면 나와 죽이 잘 맞았던 다른 여자애는 함께 남자애들을 잡으러 간다는 명목 하에 또 자리를 이탈했다. 결국 넷 다 청소를 안 하는 날이 반복되었다. 1학년 교실은 너무 더러워져서 엄마에게 들켰고, 넷 다 혼났다. 친구들과 같이 엄마에게 혼나는 경험은 매우 신선하고 민망했다.

나는 6학년 졸업을 했지만, 낙타는 엄마가 운영하는 특별 활동인 리코더부에 계속 몸을 담는 운명이 되었다. 낙타도 5학년 때 어떤 남자애랑 리코더부 자유 연습 중에 치고받고 싸우다가 누가, 하필, 재수 없게도, (낙타는 정확히 이 단어로 표현했다.) 엄마를 부르러 갔다고 한다. 누가 엄마를 부르러 간 걸 안 낙타는 엄마가 오실 때까지 싸움을 멈추고 수습하느라 진땀 뺀 적이 있다고 고백했다.

리코더부가 대회에 나가기 전 리코더 단복을 맞출 때는 항상 그 마들(model)은 낙타였다. 낙타는 엄마가 잠깐 오래서 영문도 모르고 불려갔다가 꼼짝없이 새로 나온 단복의 샘플을 입어야 했다고 한다. 단복 마네킹 낙타는 특유의 어설픈 표정을 짓고 목을 길게 빼고 엄마와 교장실에 가서 교장 선생님한테도 보여주고, 교무실에 가서 호기심 많은 선생님들에게도 보여주고, 주기적으로 견본이 되었던 기억이 매우 강렬하다고 자주 회상한다.

엄마의 리코더부는 전국 1위도 몇 번 한 강팀인데 낙타는 리코더부 부장도 2년 했으니 은근히 리코더 대가다. 거기다 중학교 때에도 계속 이어서 리코더부 활동을 했다. 소프라노부터 베이스까지 5종류 리코더 2가지 운지법에 능수능란한 낙타는 심지어는 리코더 성대모사도 한다. 어쩌다 같이 실내악단 연주 같은 걸 보는 날이면 왜 리코더 포지션은 없냐고 엄청 흥분한다. 그러다가 더 흥분하는 날에는 낙타가 좋아하는 피가로의 결혼 중 '이제는 날지 못 하리'를 생목으로 리코더 소리처럼 부른다. 굉장히 시끄럽고 산만하다.

리코더부 시절을 회상하는 낙타는 약간 뭔가에 취한 말투로 "내가 예전엔 전국적인 리코더 솔리스트였어. 모든 종류의 리코더를 다 불 수 있었지."라는 대사를 한다. 드라마에서 많이 나오는, 대단했지만 다시는 오지 않을 과거를 회상하며 울컥해 하는 '술집의 취한 으른' 같다.

낙타가 나중에라도 꼭 리코더를 다시 불 수 있는 곳을 찾았으면 좋겠다. 부활한 전설의 리코더 솔리스트 낙타는 멋진 연주를 마치고, 다시 뿅 하고 평소의 낙타로 돌아와 어설픈 표정과 거북목 자세로 무대 뒤로 사라지겠지. 그리고 무대 뒤에서 만난 우리는 함께 공연 뒷풀이로 고기를 먹으러 가겠지.

형제 자매와 같이 학교에 다닌 기억이 있나요? 둘이 함께 한 가장 웃긴 일은 무엇인가요? 1학년 낙타가 교과서를 빌리러 교실로 찾아왔던 때가 생각나네요. 1학년과 4학년은 교과서가 다르단다.

동화 구연 대회의 추억

초등학교 시절, 교내 웅변대회와 동화 구연대회를 한 적이 있다. 4학년이었던 나는 웅변, 1학년 낙타는 동화 구연대회에 나갔다. 공개적인 자리에서 나불거리는 것을 좋아했던 나는 그런 대회를 나가면 곧잘 상을 받아서 나를 보고 자극받은 낙타도 상을 타고 싶어 했다.

대회의 인프라는 지금 생각하니 참 가혹했다. 그때는 왜 그런 게 이상하다고 생각 안 했는지 모르겠다. 체육관이 없는 시골 학교의 대회는 운동장에서 열렸으며, 마이크를 확성기와 연결시켜서 볼륨도 커서 근방에 똑똑히 다 들렸다. 전교생은 그늘 하나 없는 운동장에 서서 대회 내내 꼼짝없이 참가자들의 웅변과 동화를 참고 들어야 했다. 학생 중 제일 편한 사람은 운동장에 의자를 가져다 놓고 앉아서 대기하고 있는 참가자였다.

내 웅변을 끝내놓고 한숨 놓고 의자에 앉아서 서 있는 친구들을 구경하고 있는데 낙타 차례가 왔다. 난 나의 작은 낙타가 사람들 앞에서 뭔가를 하는 게 신기하고 대견해서 낙타를 힘껏 응원해줬다. 매일 집에서 같이 동화 연습 감독도 해주고 훈련도 시키고 그랬다. 당연히 낙타의 동화 원고도 딸딸 외우고 있었다.

낙타는 단상 위에 올라가서 전교생을 내려다보며 1학년답게 아주 귀엽게 동화를 잘 풀어갔고, 나는 의자에 앉아서 낙타를 올려다보며 흐뭇하게 동화를 들었다. 낙타가 자주 틀리는 부분이 점점 다가오자 밑에서 나는 긴장했다. 하지만 낙타는 전혀 긴장하지 않는 것 같았다. 엄마는 가끔 그런 부분이 나와 낙타의 천성 차이인 것 같다고 하신다.

낙타는 본인이 잘 틀리는 부분이 오자 잠깐 멈칫하고 아주 자연스럽고 천진난만하게 단상 위에서 내 쪽을 쳐다보더니

"언니, 다음이 뭐더라?"하고 물어봤다.

마침 따악 그때, 우리 집 일을 돌봐 주시던 아주머니가 시장에 갔다가 돌아오시는 길에 다리를 건너고 계셨단다. 학교 쪽에서 바람을 타고 또렷이 낙타의 목소리가 들려서 낙타 차례 구나 하고 응원하시며 들었다고 하신다. 아주 낭랑하게 '언니, 다음이 뭐더라?' 하는 것도 들으셨는데 너무 자연스러워서 저게 원래 원고에 있는 내용이었는지 헷갈렸다고 하셨다.

나는 그 와중에서도 밑에 대기석에서 발표 단상을 향해 마구 소리쳐서 다음 부분을 알려줬다. 학생들이 어이없어하며 많이들 웃었는데 어린 낙타는 의외로 태연하게 끝까지 잘 마치고 스스로 꽤 흡족해했다.

자매가 그리고 세 모녀가 한 학교에 있었던 것이 그때는 당연하게 느껴져서 그게 얼마나 특별하고 소중한 일인지 몰랐다. 친구들은 불편하지 않았냐는데 재미있었던 일들이 더 많았다. 어떤 나쁜 일이나 속상한 일이 있더라도 하룻밤 자고 일어나면 언제나 따뜻하고 밝고 평화로운 새로운 오늘이 있던 시절이다.

누군가 실수했지만 웃겼던 기억이 있나요? 그럴 때 웃음이 터지지 않도록 다양한 생각을 하며 참고는 해요.

잘나갔던 시절

난 참 금욕적인 초딩이었다. 가지고 싶은 것이 있어도 사달라고 조르지 않았다. 내가 이걸 가지고 싶다고 욕구를 밝혀 말하는 것이 싫었다. 속마음을 들키기 싫은 것과 비슷한 감정이었다. 생일이나 어린이날 등 당당히 선물을 받을 수 있는 날에도 뭐를 받고 싶냐고 어른들이 물어보기 전까지는 미리 조르지 않았다. 하지만 실은 꽤 오래전부터 치밀하게 생각하며 '두 번 정도 물어봐 주면 이거 말해야지.' 하고 마음속으로 받고 싶은 것을 골라뒀었다.

부모님은 나에게 미리미리 장난감과 책을 사줬기 때문에 딱히 필요한 것이 없었을 거라고 주장하신다. 하지만 실상은 엄마 아빠가 파악 못 하는 가지고 싶었던 것은 매우 많았다. 훌륭한 초딩은 책과 장난감 외에도 여러 가지 것에 관심이 많았기 때문이다. '다들 저걸 가지고 있구나. 너무 유행 타니까 나는 없어도 괜찮아.' 라고 생각하면서도 동시에 한 번 정도 가져보고 싶기도 한 소소한 것들이 많았다. 그래도 자제하는 것을 미덕으로 생각했다.

그런데 금욕적 초딩 어느 시기던가, 가지고 싶은 것을 자제하며 약간의 선행을 하면 가지고 싶던 것이 우연히 생기는 행운이 꽤 있었다.

예쁜 잠옷이('레이스가 주렁주렁 달린 하늘거리고 긴 원피스'라는 구체적인 욕구가 있었다. 나는 이런 잠옷을 입고 나이아가라 파마를 한 머리를 말리며 거울을 보는 것을 은근히 좋아하는 초딩이었다.) 가지고 싶었던 시기가 있었다. 오르막길에서 리어카를 끌고 가시는 할머니의 보폭에 맞추어 리어카를 같이 밀어드렸는데, 할머니께서 생각보다 엄청나게 칭찬해주셨다. 나는 당연하다고 배워서 한 것인데 칭찬을 받아서 얼떨떨했지만, 칭찬 뽕에 취해서 잠시 착한 나에게 도취되었다. 그리고 다음 날이던가 엄마가 딱 내가 생각했던 하늘하늘하고 덤으로! 리본까지 많이 달린 예쁜 초딩 잠옷을 선물로 받아오셨다. 낙타에게는 크고 나에게는 딱 맞았다. 오예.

아, 착하게 살면 되는구나. 난 착하니까 뭘 해도 되겠다 싶었다.

그즈음 TV에서 신상 아이스바를 선전했는데 그게 메가톤바였다. 뭔지 궁금하긴 한데 아이스바 이름을 꼭 집어 사달라기엔 좀 쪽팔리고, 그래도 먹어보고 싶고. 그 아이스바는 TV에서 광고도 자주 해서 잊을만하면 그 존재가 다시 나의 번민 거리로 떠올랐다.

그런데 짝꿍이 뭔가를 실수해서 도와준 바로 다음 날, 성당에서 간식으로 메가톤바를 줬다. 성당 간식은 거의 쭈쭈바인데 어떤 어른이 놀러 오며 조금 더 비싼 신제품 아이스바를 사온 것이다. '너무 달아서 의외로 내 입맛은 아니네, 음 나는 어른스럽군.'하며 또 어른스럽고 운 좋은 나 자신에 도취되었다.

그 시기에는 공부도 잘되고 저런 소소한 행운도 많아서 앞으로 계속 이렇게 살면 못 할 게 없겠구나 싶었다. 주로 저런 말 못 하고 못 조른 '먹고 싶은 것' 위주로 우연한 콩고물이 많이 떨어져서 매우 살맛이 났던 초등학생 시절이었다.

저 때가 인생의 가장 잘나갔던 시절이 아닌가 싶다. (슬프게도…….)

얼마 전 엄마와 얘기하며 내가 일찍이 성숙했던 내 성정과 현명함, 조르지 않았던 어른스러움을 어필했는데 엄마가 크게 동의 안 하는 눈치셨다. 그래서 메가톤바 이야기를 했는데 더 혼란스러워하셔서 말하지 말 걸 그랬나 싶다.

다시 한 번 내 인생에 잘 나가는 시절이 오면 좋겠다.

인생에서 가장 잘나갔던 시기는 언제인가요? 저의 '메가톤바를 먹는 잘나갔던 시기'처럼 굳이! 잘나갔던 시기를 정해보고 나는 대단해 뽕에 취해봅시다.

네 가족 일상

서울에 혼자 있던 대학교 초반에는 생각보다 대학이 너무 재미없어서 틈만 나면 고향 집에 갔다. 고등학교 3년간 산골짜기에 있었으니 서울에는 엄청나게 새로운 것이 많을 줄 알았다. 하지만 뭘 해도 금방 질리고 권태롭고 의미 없이 느껴졌다.

맘이 맞는 친구들을 대학 후반부 시기에 만나서 그랬던 것 같기도 하다. 둥글둥글하게 대충 주변 친구들과 잘 놀았으면 되는데 그런 상태로는 뭘 해도 큰 흥이 안 나기도 했다. 수업이 끝나면 온전히 남아있는 시간을 어떻게 써야 할지 막막했다. 잘 보내고 싶은 귀중한 시기의 시간인데 너무 의미 없이 보내는 것 같아 초조하고 아쉬웠다. 그래도 시기상 어쩔 수 없다는 것을 알았기 때문에 인정하고 담담히 보냈다. 그런 때 가족 안에서 가족의 충실하고 성실한 삶을 보내는 것은 마음에 큰 위로가 되었다.

방학이 되면 내내 고향 집에 있었다. 일어나면 가벼운 아침을 함께 한다. 내가 집에 가면 아침마다 음악을 틀어서 엄마는 내가 집에 있는 것이 실감이 나서 좋다고 했다. 다들 각자 학교나 일터로 흩어지면 방학인 나는 혼자 집에 남아서 이런저런 일들을 했다.

대부분의 시간을 창문을 마주한 책상 앞에서 보냈다. 뭔가를 하다 고개를 들면 반쯤 열어둔 창문 사이로 들어오는 바람이 느껴졌다. 바람 부는 순간순간 후욱 커튼이 날리고 깨끗이 빨아 널은 듯한 좋은 공기의 질감이 느껴진다. 조금 더 고개를 들면 멀리까지 파란 하늘이 보인다.

옥상에 올라가면 중학교 시절, 선생님 심부름이라는 거룩한 사명으로 수업을 공식적으로 땡땡이치고 친구와 걸으면서 '저긴 틀림없이 사이비 종교인 집회장일 거야.' 하고 얘기했던 커다란 하얀 지붕의 집이 파란 야산에 여전히 예쁘게 박혀서 지붕이 반짝반짝. 좋은 것은 의외로 그 자리에 있구나. 살면서 몸으로 잘 흡수하는 시기가 있는 것 같은데 그때 읽은 책, 들었던 음악, 본 것, 생각한 이미지는 일주일 전의 일보다 선명하게 남아있다.

외부는 생생하고 내가 있는 집안은 고요하다가 아빠, 엄마가 돌아오면 다시 시간이 돌아가는 느낌이 든다. 어느새 저녁밥 냄새가 난다. 하늘이 어두워지면 아빠와 고등학생 낙타를 데리러 가는 길에 나는 조깅을 했다. 얼굴에 닿는 미지근한 바람이 기분 좋았다. 아빠에게는 지금도 그때 내가 달리던 모습이 굉장히 행복한 기억으로 남아있어서, 반대로 내가 그때만큼 생기 있지 않으면 걱정하시는 것 같다.

수상하게 생긴 봉고차가 아빠와 내 앞에 서서 깜짝 놀랐더니 그게 낙타의 등하교 셔틀이라고 한다. 그래서 낙타의 학교에서의 별명은 '봉고댁'이었다. 낙타는 봉고차에서 내려서 특유의 인중이 긴 표정으로 성큼성큼 걸어오며 "어이 마중 왔는가?"하고 다가와서 하이파이브를 한다. 낙타와 나는 장난을 치며 아빠 주변을 위성처럼 돌면서 뛰고 까불며 집으로 온다. 개들이 1차로 대문에서 환영하고 엄마가 나른 나른한 표정으로 거실에서 맞아주신다.

낙타가 거실 TV를 점령하고 난 TV 보는 낙타를 구경하려고 자리 잡으면 충실한 하루의 끝이 다가오는 것이다. 아빠는 한 번 더 개들과 놀아주러 마당으로 나가신다. 우리 가족 다 개들을 예뻐하지만 역시 개를 가장 아끼고 돌보아주는 사람은 아빠이시다.

대학교 1학년 때의 방학이 내가 중학생 이후 경험한 드문 연속적인 네 명 가족 일상이라 걸어가다 다른 집의 저녁밥 냄새를 맡으면 그 기억이 훅 밀려온다. 좋겠다. 이래도 좋고 저래도 좋을 얘기 하고 저녁 먹으며 하루의 지친 마음을 서로 조용히 위로받겠지.

당시 연수를 가기 전이라 일본어 공부를 해보고자 지인이 보내준 한국어 자막이 없는 일본 드라마를 봤었다. 난 잘 질려서 드라마도 잘 안 보고 일어도 모르는 상태였는데, 일본어 드라마를 자막 없이 다 본 것은 굉장한 근성이었다. 거의 내용을 파악하지 못했지만, 예전 한국 드라마 느낌처럼 배다른 형제의 사랑 같은 것으로 어렴풋이 추측만 하고 있다.

인상 깊었던 것은 매력 없던 주인공의 배에 수술 흉터라는 비극을 표현하고 싶었던 것 같은데, 짜장라면 면발 말라붙은 것 같이 매우 성의 없게 구현해두었던 부분이다. 나도 어렸을 때 칼로 맹장 수술을 해서 비슷한 흉터가 있지만 그래도 저건 아니지 싶었다. 당분간 짜장 라면이 먹기 싫어질 것 같았지만, 그 후로도 항상 잘 먹고 있다.

주인공이 자꾸 떼떼떼라고 소리 지르며 울어서 '앞으로 일어 공부해야 하는데 어떡하지. 저렇게 같은 음절 세 개를 소리 지르며 도대체 무얼 말하고 싶은 것인가.'하고 좌절했던 기억이 있다. 일어를 몰랐지만, 그 말은 너무 인상 깊어

서 외워뒀는데 그 '떼떼떼'는 나중에 알고 보니 '나가.' '뻬てて.'였다. 아니까 맞는다고도 아는 것이다. 이렇게 보면 뭐든 알아야 한다.

그러고 보니 '아름답다'의 어원이 '알다'에서 왔다는 이야기도 있다. 알게 되면 몰랐을 때는 안 좋아했거나 이상하게 보였던 것들이 전혀 다르게 보일 때가 있다. 내가 뭔가를 잘 알기 때문에 발굴한 좋음과 아름다움은 더욱 소중히 느껴지기도 한다. 나를 잘 알기 위해서 누군가 물어보는 말이나, 나를 알기에 나오는 주변인의 적절한 반응도 아름답다.

편의점에서 짜장 라면을 보고 문득 내내 잊고 있던 주인공 드라마 배 위의 흉터가 떠올랐기 때문에 덧붙인 사족이 참으로 길어짐을 전하며 끝! 총총.

집에서 가장 느긋한 시간을 보낸 때는 언제인가요? 그때 웃긴 일이나 재미있던 일이 있었나요? 저는 제가 매일 10시간 넘게 자고도 '졸렵다.'고 말하는 걸 들으신 엄마 표정이 웃겼습니다.

파랑새 아저씨

고향에 가서 엄마 차를 타고 이동하다가 떠오른 기억이 있다. 엄마는 오래 초등학교 선생님을 하시다가 도중에 몸이 많이 아프단 걸 아시고는 조기 퇴직을 하셨다. 좁은 시골이니 소문도 금방 나고 머리카락이 없어진 엄마에게 사람들은 위로 겸 병문안도 많이 왔다.

그중 특히 기억이 남는 사람은 파랑새 아저씨다. 우리 엄마 아빠를 선생님이라고 부르며 따르던 그 아저씨는 동네에서 바보라 불리는 아저씨셨다. 알코올 중독이었다고 하는데 아빠, 엄마는 착하고 똑똑한 '애'라고 하셨다. 하지만 아무리 봐도 애가 아닌 아저씨 중의 아저씨였다.

아저씨는 왜인지 우리 아빠 엄마를 굉장히 좋아했다. 귀가 좋은 아저씨는 아빠나 엄마의 차 소리가 나면 집에서 득달같이 달려 나와 인사를 한다. 가끔은 의미 모를 조공과 함께. 선물은 주로 돌이나 식물 같은 자연물이었는데 언제던가 개껌 선물도 추가되었다. 하지만 아빠가 다시는 이런 거 사지 말라며

타일렀다.

엄마가 편찮으신 걸 아저씨도 알게 된 후의 일이다. 아침에 대문 밖에서 "선생님, 선생님, 나와보세유 선생님!"하고 불러서 부모님이 나가면 아저씨는 어떤 날은 약초라며 어떤 날은 산삼이라며 흙이 잔뜩 묻은 뭔가를 내밀었다. 식물을 잘 모르는 내가 봐도 그 풀뿌리는 산삼이나 약초 같지는 않았다. 엄마나 아빠가 풀뿌리를 받아 들면 아저씨는 "선생님. 꼭 드세유우." 하고 뿌듯해하시며 어디론가 갔다.

우리 집 마당에도 꽃이 많은데 아저씨는 들풀이나 꽃도 어지간히 꺾어왔다. (처음엔 나나 낙타에게 꽃을 주실까 좀 긴장했는데 그런 일은 절대 일어나지 않았음.) 아저씨가 주차장 앞에 앉아 있다가 엄마에게 '빨간 조화 장미꽃 한송이'를 주고 "선생님, 기운내세유." 하고 흐뭇하게 가던 게 왠지 선명하다.

가끔 길에 앉아서 울고 있는 아저씨에게 아빠가 가서 등을 쓰담쓰담 해 주면 '선생님, 선생님.' 하고 힘들게 울어서 보는 나도 슬프고 화도 났다. 나도 힘들고 엄마도 힘들었을 때였지만 왜 저분은 저렇게 힘들게 사셔야 하지, 세상이 왜 이 모양이지 하는 생각이 들었다. 아저씨가 가끔 엄마에게 '선생님 아프지 마세유.' 하고 울먹거리면 엄마가 '그래그래, 니가 술 안 마시고 착하게 있어야 선생님이 안 아프지.' 하고 거꾸로 달래기도 했다.

엄마의 의지에 아저씨의 순수한 기원도 보태졌겠지. 다행스럽게도 기적적으로 엄마는 건강을 찾으셨고 그 뒤로도 아저씨가 뭔가 가져오기도 하고 주차장에 갈 때 자주 마주쳤다.

아저씨는 대개 나와 낙타에게는 큰 관심 없으셨는데, 어느 날이던가 나랑 낙타에게

"꼬마들 (키가 작아서 그렇지 나이는 많은데…….) 행복은 멀리 있는 게 아니에요. 파랑새 같은 거예요. 알지유 파랑새?" 하며 너무나 뜬금없이 책을 읽

듯 시적인 말씀을 하셨다. 그것도 우리 집을 가리키면서. 나랑 낙타는 "갑자기?"라고 서로 반문하며 그때부터 아저씨를 파랑새 아저씨라고 불렀다.

그날 그 말을 하는 파랑새 아저씨는 기분 좋고 행복해 보였다. 아빠가 파랑새 이야기도 안다고 영특하다고 아저씨를 듬뿍 칭찬해줘서 더 그래 보였다.

나중에 파랑새 아저씨에 대해서 들은 것은 다 슬픈 것이었다. 가끔 며칠씩 없어져서 동네 사람들이 찾으면 변두리 묘지 터에서 발견되기도 했단다. 여기 계신 어머니에게 노래 불러줘야 한다고 한복까지 갖춰 입고 우는 아저씨를 동네 사람들이 달래서 데려오기도 했단다.

엄마 아빠에게 "파랑새 아저씨는 뭐 먹고 사셔?"하고 물어보니 "사람들이 다 알아서 나눠줘서 먹고살아 걱정 마."하는데 그럴 때의 부모님은 완전히 어른 같았다. 동네 사람들이 김치도 주고 연탄도 주고 엄마 아빠도 쌀이나 반찬을 나눠주고는 했는데 그런 시골의 시스템이 따숩고 고맙다고 생각했다.

어느 날 파랑새 아저씨를 마지막으로 본지 꽤 오래라는 생각이 들어 안부가 궁금해졌다. 물어보니 엄마는 파랑새 아저씨가 하늘에서 파랑새 아저씨 엄마를 만나서 이제 술도 안 마시고 행복할 거라고 했다.

그 후로 아빠 엄마는 파랑새 아저씨를 잊고 사시나 보다 했다. 사실 나도 고향 집 주차장을 볼 때 외에는 따로 생각해본 적이 없다. 그런데 엄마 차 뒷좌석 주머니를 보니 파랑새 아저씨가 줬던 빨간 장미 조화가 아직도 꽂혀있었다. 장미를 빼 들며 "엄마 이거 못 버리겠지?" 하니까 엄마도 끄덕끄덕하신다.

파랑새 아저씨가 이제는 외롭지 않으셨으면, 지상의 누군가가 아저씨가 하셨던 말 한마디를 따뜻하게 기억한다는 것을 알고 기분 좋으시면 좋겠다.

서로 잘 알지 못하지만 행복하길 바라는 사람이 있나요? 지금 같이 그 사람의 행복을 빌어볼까요!

아빠 1

아빠들은 비슷하게 사랑스러운 구석이 있다. 사촌 동생 이지와 여행 갈 때 작은아빠가 "화이팅~"하셔서도 "도대체 뭐가 화이팅이야, 여행이 무슨 경기하러 가는 것도 아니고." 하며 우리끼리 웃었던 기억이 난다. 우리 아빠도 맨날 '화이팅.' 아니면 '땡큐.'.

카카오톡 이름 설정도 '나'라고 되어 있어서 살짝 사춘기 남학생 같기도 하고 귀여우시다. 사랑해요!

누군가와 카카오톡으로 했던 대화 중 나만 웃겼던 일이 있나요? 저는 아빠와 이야기할 때 저만 웃겼던 적이 많아요. 아빠가 귀여우셔서!

아빠 2

엄마가 내키지 않는 꿀 섭취법을 꽤 강하게 권유하셨다.

아빠한테 도움을 처해볼 요량으로 "아빠, 아빠도 이렇게 먹어?" 하고 물어보니 아빠가 경쾌하게 "응~╱"하시더니 작은 목소리로 덧붙이셨다.

"어쩌다 가끔~╲"

아빠 꽤 전략적으로 솔직하신걸.

눈치는 중요합니다.

아빠 3

나랑 아빠는 개들과 산책을 재미있게 하고 흐뭇한 얼굴로 집으로 돌아왔다.

엄마가 나한테 "재미있었어?" 하고 다소 형식적으로 물어보시는데,

갑자기 아빠가 거기 쏙 끼어들어서 "당신 없어서 하나도 재미없었어." 하신다.

아빠가 제일 재미있어 해놓고…….

그런데 엄마가 아빠에게 뻥치지 말라고 하셨다.

역시 다 아시네!

눈치는 중요합니다2

아빠 4

재작년인가 아빠가 혼자 열심히 SNS를 하시는 게 너무 귀여워 보였다. SNS를 안 하는 나도 앱을 다운받아서 좋아요도 누르고 리플도 달아드렸다. 주로 개, 가족사진을 올리시고, 꽤 열심히 활동하시는 반면 알림 확인은 쿨하게 안 하시는데 그게 또 귀여우시다.

언젠가 아빠의 SNS 페이지를 보다가 내가 오래전에 '멋지다 누구 아빤가.' 하고 남긴 글에 '아빠는 늘 피어있는 꽃 아닌가?' 라고 뒤늦게 답글을 다신 것을 확인하고는 밤에 갑자기 아빠가 엄청 보고 싶어졌다. 그리고 난 아빠의 우주레.

사랑하는 누군가의 SNS에 사랑스러운 리플을 지금 달아볼까요.

같이

엄마, 아빠가 영화 '위플래쉬'가 재밌다는 용건으로만 굳이 전화를 하셨다. 부모님에게는 지루한 영화이지 않을까 했는데 너무 맘에 들어 하셔서 같이 더 여러 가지 영화를 자주 봐야지 싶다.

엄마는 넷플릭스 계정을 공유하고 설정해줘서, 엄마 아빠에게 다양한 영화를 볼 수 있게 해줘서 고맙다고 하셨다.

항상 함께 있지는 못하더라도 같은 경험을 하고 그것에 대해 이야기 할 수 있다는 것이 너무 좋다. 엄마 아빠 우리와 같은 경험을 기꺼이 해주셔서 고맙습니다!

누군가와 경험을 공유하고 즐거웠던 기억을 떠올려볼까요. 저는 친구들과 같이 고기를 먹고 헤어져서 각자 배탈이 났던 사실을 꽤 나중에야 '너도?', '너도?'하고 서로 알게 되었던 일이 웃겼어요. 즐거웠던 기억에 배탈을 더하기 싫어

서 말하지 않았던 마음이 좋아서, 배탈은 힘들었지만 좋은 기억으로 남아있어요.

내공

엄마랑 낙타랑 겨울왕국을 봤다. 자매 이야기라 생각보다 재미있게 봤다. 그런데 엄마는 피곤하셨는지 재미가 없었는지 간간히 조셨다.

영화 끝나자마자 엄마가 아빠랑 통화하는 것을 들어버렸다.

"당신이랑 다시 보려고 좀 졸았어."

엄마 내공 장난 아닌 걸……

저런 내공을 보유하셨나요? 저는 저런 내공이 없지 말입니다…….

사람 갈고 닦아야

엄마 아빠한테 감기 핑계로 마음껏 징징거렸다. 엄마가 얼마 전 서울 집에다 여러 말린 차를 가져다 놓았다며, 말린 생강차를 마시라고 알려주셨다. 좋은 제안이라 만족스럽게 찬장 문을 열었는데 유리병 중에서 뭐가 생강인지 알 수 없었다. 아파서 그런지 쉽게 좌절스럽다가 그럴듯한 생각이 났다. 다 섞어

마시면 생강의 효능이 일단은 들어가겠지? 역시 나는 똑똑하단 말이지.

모든 병을 꺼내서 내용물을 섞어보려는 순간 병 바닥에 무언가가 비쳐서 병을 뒤집어보니 병마다 생강, 계피, 우엉이라고 낯익은 멋진 글씨가 있다.

엄마는 내가 모를 것까지도 미리 알았나 봐.

사실 막연하게 이 나이쯤이면 아빠나 엄마처럼 글씨도 멋지고 역사나 사회 상식도 많은 어른이 되어 있을 줄 알았다. 하지만 시간이 흐른다고 저절로 좋아지는 것은 의외로 별로 없다.

내가 노력해서 잘하는 건데 누군가 내가 잘하는 것에 대하여 별거 아니라는 듯 '역시 나이가 있으니', '연륜이 어쩌고'로 축약해버릴 때면 억울했다. 그런데 나도 비슷하게 내가 나이를 먹으면 저절로 멋진 어른이 될 거라는 생각을 하고 있었나보다. 방심하지 말고 계속 갈고 닦아야지.

계속 갈고 닦는 분야가 있나요? 저는 싫은 것을 피하는 능력을 지속적으로 갈고 닦는 중입니다. 특히 회사에서요…….

여러 사랑

엄마의 사랑과 아빠의 사랑은 좀 다르다고 낙타와 사촌 동생 이지와 공감했다.

이지가 사이즈가 애매한 패딩을 샀을 때의 일이다. 예상대로 작은엄마는 웃

지도 않고 정색하며 바보 같다고 하셨고, 작은아빠는 도톰하니 따뜻해 보여
예쁘기만 하다고 하시고.

아아 어쩌란 말이냐 트위스트 추면서~

기술 들어갑니다

엄마가 혼자 서울에 오시면 고향 집에서 혼자 심심하신 아빠는 우리와 엄마
에게 전화를 많이, 아주 많이, 진짜 많이 하신다.

볼 일이 있어 서울에 오신 엄마의 핸드폰을 어쩌다 스쳤는데 실수로 아빠에
게 전화가 걸렸다. 얼른 끊으려고 했는데 아빠가 정말 1초 만에 신나는 목소
리로 받아버렸다.

엄마는 엄청 귀찮아하는 표정으로 꿍차 하시며 핸드폰 집어 들더니

"응, 보고 싶어서 다시 걸었어."

Oh……오늘도 엄마에게 배웁니다.

저건 배운다고 익혀지는 영역은 아닌 것 같습니다…….

만화책

초딩 3학년 때 엄마의 강력한 권고로 소중한 만화 월간지와 단행본 200권 상당을 성당 복사단 후배인 으노, 혀노, 택이에게 나눠줬다. 그리고 자라서 으노는 주유소 주인이 되고, 혀노는 내 고등학교 친구와 아는 사이가 되고(가끔 세상은 좁다), 택이는 신부님이 되고 난 만화책이 그리운 사람이 되고.

저 날, 엄마에게 책을 나눠주기 싫다고 몇 번이나 졸라보다 안 통해서 서러운 마음으로 '정든 만화책을 다시는 볼 수 없게 되었다.'고 일기에 썼다. 그런데 이게 커서도 생각할수록 너무 섭섭해서 마음먹고 엄마한테 얘기했다. 엄마 말씀이 내가 만화 보는 게 싫었던 것이 아니라 집에 만화책을 둘 자리가 부족했다고.

그 말씀 들으니까 갑자기 납득 가긴 하지만 역시 그립긴 하다. 내 만화책들.

사람마다 다양한 그리운 것이 있지요. 혹시 그리운 책도 있나요? 저는 만화책 '우주에서 온 왕자'가 그리워요.

엄마 1

엄마는 퇴직하셨지만 나보다 훨씬 바쁘다. 재능기부도 하시고 강의도 하신다. 어렸을 때부터 바쁘셨지만, 나에게 소홀하신 적 없고 지금 항상 간병인이 필요한 할머니를 바로 옆에서 가장 잘 모시는 것도 엄마다. 이런 모든 부분을 너무 사랑한다. 열심히 재미있게 하고 싶은 것 하시는 엄마를 항상 응원하고 있다.

그런데 조금 전 엄마 목소리 들어볼까 하고 전화했는데 "응, 지금 정신없으니 십 분 후 통화하자."를 듣고 갑자기 섭섭해져서 "시러 시러. 통화할 거야. 안 끊을 거야." 할 뻔 했다. 다행히 난 이성적이니까 꼭 참고 얌전히 끊었다. 나 왜 그랬지. 나 몇 살이지.

부모님과 즐겁게 통화 할 수 있는 건 큰 행복이니 많이 많이 많이 합시다. 할아버지, 할머니랑도 더 자주 할 걸 그랬다.

누군가에게 마지막으로 어리광을 부려본 기억을 떠올리며 하이킥하고 어리광 부린 자신을 정당화해볼까요. 어리광부릴만한 이유가 있어서 부린 거였어!

엄마 2

공사하느라 옮긴 박스에서 초딩 때 일기를 무더기로 발견해서 읽었다. 내용은 대략 이런 것이었다.

－친구 불러놓고 옷 입고 풀장 들어가서 친구가 그냥 자기 집으로 돌아감. (친구 미안)

－친구를 집으로 초대하고 나는 다른데 놀러 감. (친구 미안 2중첩)

－뭔가를 시작하면 꼭 금방 질림. 그리고 질렸다고 꼭 굳이 밝힘.

-일기의 끝은 거의 '만화책을 읽었다.'로 마무리 + 만화 월간지를 우량 도서라고 칭송. 하지만 그에 비해 다른 대상에 대한 칭찬은 전혀 없다.

-선생님 저격용으로 추정되는 잔소리가 계속 나옴. (숙제가 많아서 책 읽을 시간이 적다/비슷한 숙제가 많은 것 같다. 효율적이지 않다.)

일기를 보다 보니 내가 기억하는 내 어린 모습과 좀 달라서 옆에서 열심히 에덴의 동쪽 제임스 딘 보시는 엄마한테 물어봤다.

"엄마 나 어렸을 때 쪼금 이상했어?" 하니 엄마는 뭔지 알겠지만, 별거 아니라는 듯 "아니야, 너 영민했어."라고 구어로는 드물게 사용되는 형용사를 쓰시고는 다시 제임스 딘에 집중하셨다.

이런 아이를 키운다고 생각하면 아찔한데 긍정적으로 승화시켜 잘 키워주셔서 감사합니다.

오늘 밤 하늘은 흐린데 예쁘다. 아, 저 달무리.

누군가에게 특이한 단어로 칭찬받은 적이 있나요? 저는 얼마 전 '용감하게 생겼다'는 칭찬을 받은 적이 있습니다. 여러 생각이 머리를 스쳤지만 용감하지 않은 것보다는 좋겠죠. 아하하.

왕의 귀환

아빠, 엄마, 낙타와 세 시간 동안 같은 자세로 늘어져서 반지의 제왕을 봤다.

집돌이 아빠는 엄마(에게 끌려)와 다녀온 뉴질랜드 호빗 마을을 소소히 회상하시며 "그땐 잘 몰랐는데 지금 생각하니 좋았어~"라고 애매하게 추억을 버무렸다. 아빠 엄마가 호빗 역할의 배우들이 진짜 작은 사람이 아니란 걸 모르고 계시길래 책에서 읽은 잡스러운 지식과 당시 촬영 비화를 흥흥거리며 설명해드리고 꽤 뿌듯했다.

그리고 엄마는 왜인지 샘, 샘와이즈 갬지 이름을 Ham으로 알고 있었습니다. 세 시간 동안, 영화 내내 자막도 있었는데, 결론은 햄.

서로 같은 생각을 하고 있다고 생각했는데, 엉뚱한 결론이 난 적이 있나요? 저는 회사에서 많이 겪습니다만…….

대답해주세요

어버이날 전화하니 두 분 다 일찍 퇴근하셨는지 아빠는 개들과 산책 중, 엄마는 마사지 중. 서로 행복한 걸 하고 계셨다. 할머니와도 통화했다. 할머니는 잘 못 들으셔서 크게 이야기를 해야 한다. 초딩이 쳐다보는데 길에서 큰 소리로 "사랑해요!!" 하고 핸드폰에 대고 소리를 질렀다. 할머니는 쿨하시게 "알았어." 하신다.

'나도'란 대답을 듣고 싶어서 오기 생겨서 다시 크게 "사랑한다고오오오!!!" 하고 소리 지르니 이제는 "그래!!!" 하신다.

할머니, 쿨해서 귀여우신 우리 할머니.

#듣고 싶은 대답을 듣지 못했을 때 어떻게 하나요? 저는 조금 졸라보다 포기합니다.. 하지만 미련은 듬뿍! 그것이 바로 나.

애교

오늘도 고향에 있는 개 사진과 개 영상을 보내주시는 상냥한 아빠가 고마워서 유행 지난 애교를 시전해보기로 했다.

"아빠, 내가 제일 좋아하는 빵은 뭐게?" 하니 아빠가 기대대로

"크림빵? 붕어빵?" 하시길래

"아빵!" 했다.

아빠는 엄청나게 좋아하시며 역시나 엄마한테도 이걸 해보라고 하셨다.

옆에서 스피커폰으로 이 모든 걸 뻔히 듣고 계셨던 엄마도 신나서 전화를 바꿔 받으시고 나는 또 그 대사를 똑같이 읊었다.

"엄마, 내가 제일 좋아하는 망은 뭐게?" 엄마는 기다렸다는 듯

"엉망!"

뭔가 미묘하게 다른데……. 거기다 엄마가 맞춰버리시면 어떡해요.

하여튼 사랑은 돌고 돌지 말입니다.

사랑은 정말 돌고 돌지요. 가끔 느낄 때는 세상이 너무 아름답게 보입니다. 오늘도 누군가에게 사랑 하나를 시전해봅니다. 받아주세요.

여행 정하기

친구들과 배낭여행을 갔을 때의 일이다. 친구들이 피렌체의 눈물 나게 아름다운 석양을 보며 서로 왜 남자친구와 여자친구가 안 생기는지 너무 진심으로 토론하다 결국 맘 상해 싸웠을 때, 난 혼자 일행에서 빠져서 낙타가 강력히 추천한 아씨씨에 다녀왔다.

기차에서 내려 도시를 둘러보는데 평화 그 자체였다. 그런 평화로운 땅이라서 성인이 나왔나 싶었다. 급히 신청한 투어도 딸 둘 가족과 대학생 한 분이 다였는데 성격이 맞아 시끄럽지 않고 즐거웠다.

내내 다음에 가족과 오고 싶다고 생각하다가 델리 안젤리 성당에서 장미와 비둘기의 기적을 보고 감동해서 아씨씨가 정말 좋아졌다.

올해 아빠가 모처럼 시간이 나니 같이 멀리 가보자고 말씀 하셔서 은근히 아씨씨를 생각하며, 아빠한테 어디 가고 싶냐고 여쭤보니 아빠의 답은 엄마의 예언대로 엄마가 가고 싶은 곳 이라신다.

나는 아빠가 가고 싶은 곳을 가고 싶다고 하니 '여름 정도면 아빠는 선진국이 좋아.' 하시길래 더위 타시나 했는데 이유는 다른 데에 있었다. 여름에 후진국은 배탈 난다고.

배탈은 아빠 여행지 선택의 주요 고려 요소구나. 아빠를 배탈 안 나게 잘 모셔야겠다.

저 때는 아빠가 은퇴하신 해라 결정권을 아빠에게 드렸지요. 가장 중요한 여행지 선택 기준은 무엇인가요? 저는 '꽂힌' 곳!

제2장. 고립된 고등학교의 일상

물고기와의 추억

애완 로봇 물고기 뮤츠를 샀다. 쿳! 쿳! 하고 웃는 뮤츠를 보니 고등학교 시절에 키웠던 물고기가 생각난다.

고 1 생일 선물로 당시 유행했던 작은 어항에 든, 더 작은 물고기를 받았다.

고등학교는 인원이 적어서 거의 전교생을 다 알았다. 그래서인지 생일이 되면 많이들 챙겨줬다. 작은 선물도 쏟아지고 본인도 은근 예상한 깜짝 파티도 해줘서 평소보다 사랑받는 느낌이 들어 행복했다.

작은 물고기는 같은 지역 출신인 삼손에게 생일 선물로 받았다. 작은 물고기는 내 기숙사 방에서 큰 환영을 받았다.

특히 같은 방 R의 따뜻한 후원으로 밥도 규칙적으로 먹고, 물도 꼬박꼬박 갈고, 약도 잘 넣어줘서 쾌적한 환경에서 자랐다. 물고기 작명도 R과 같이했다. 사실 거의 R에게 명명 받았다고 해야 한다. 나는 좀 더 강해 보이는 이름을 짓고 싶었다.

물고기 이름은 '소망이'였다.

소망이는 나와 R의 관심을 받으며, 특히 밤마다 R의 잡다한 얘기를 들어주며 잘 자랐다. 보통 문구점에서 파는 작은 물고기들은 일찍 죽는다던데 소망이는 튼튼하게 살도 조금씩 찌며 귀여워졌다. 난 생선류를 그다지 좋아하지 않는데 소망이는 너무 작아서 생선이라기보다는 그냥 아기 같았다.

다음 해 봄방학, 학교 수업은 거의 없고 자습하는 기숙사 생활이 주를 이루던 시절의 일이었다. 난 여느 때처럼 자습을 빼먹고 혼자 방에 들어와서 평화롭게 침대에서 자며, 향후의 효율적 공부를 위한 중장기적 대비를 하고 있었다. 난 참 슬기롭단 말이지.

그런데 한창 자는 중 갑자기 흐느끼는 소리가 들려서 깼다.

R이었다.

R은 공부하다가 심심해서 소망이랑 얘기하러 왔는데, 와보니 소망이가 뒤집어져서 몸부림을 치고 있다는 것이었다. R은 패닉 상태로 작은 어항을 껴안고 어쩌냐며 울고 있었다. 우리는 그 즉시 어항을 들고 그날 사감 선생님인, 마침 생물 선생님을 찾아갔다. 우리 학년 담당도 아니라 잘 모르는 좀 엄격한 이미지의 할아버지 선생님이었다.

선생님은 진지하게 어항을 보시고는 언제 샀느냐 등등을 물으시더니 아무래도 수명이 다 되던 것 같다고 하셨다. 그러면서도 생물실로 우리를 데리고 가셔서 산소 장치를 해주셨다. 산소 장치가 너무 커서 어항에 간신히 들어갔다.

그리고 잠시 후 소망이는 다시 배를 밑으로 하고 헤엄을 쳤다. 나와 R은 기뻐서 또 울었다. 그러다가 소망이는 갑자기 다시 뒤집어지더니 조금 후에 배를 위쪽으로 하고는 완전히 수면에 둥둥 떠 버렸다.

1년간 함께 한 소망이가 없다는 사실이 슬퍼서 R과 울면서 화단에 소망이 먹이와 새로 넣어주려고 사뒀던 물풀을 함께 묻어줬다. 그리고는 왠지 둘 다 자습을 빠지고 당당하게 방에 누워있었지만, 사감인 생물 선생님은 우리를 혼내지 않으셨다.

그리고 3학년 때는 R과 또 같은 방이 되어서 함께 소망이의 기일을 챙기며 고3의 표정으로 짜장면을 먹었다.

생물 선생님 감사합니다. 보고 싶다. 소망이랑 R.

\# 반려 동물과의 이별은 언제나 힘들어요. 보고 싶을 때는 눈을 감고 생각해 봐요. 행복하렴.

지네와의 추억

나는 고등학교 3년간 속세와 단절된 생활을 하고 살았다. 우리 고등학교는 황량한 국도 가운데의산 중턱에 있었다. 학교에 올라가는 오르막길도 장난이 아니었다.

속설에 의하면 눈이 많이 오면 선생님들 출근이 불가능해서에 수업 따위는 하지 않아도 된다고 했다. 하지만 아무리 눈이 퍼부어도 선생님들 차는 어떤 바퀴를 달았는지 씩씩하게 제시간에 꼭 주차장에 들어가 있어서 아쉬웠다.

학교 주변에는 군대 요충지가 있어서 우리 학교에는 아버지가 군인인 아이들이 많았다. 근처 산세가 험해서 북한에서 레이더로 유일하게 안 잡히는 지역이라고 들었다. (아버지가 군대에서 근무하고 계시는 애들이 주장했다).

가끔 여자애들끼리 밤에 모여서 할 일이 없으면 전쟁이 일어나면 어떡하지? 같은 주제로 답도 없는 토론을 했다. 별 가능성을 다 말하다가 누군가가 울기 시작하면 나머지가 구경하고 그랬던 기억이 난다.

아버지가 군대에서 근무하는 어떤 애가 전쟁이 일어나도 걱정 없다며 한반도가 다 터져도 이 산과 우리 학교는 멀쩡히 남아 있을 거라고 의기양양하게 말했다. 굳이 말은 안 했지만 난 그편이 더 싫었다.

하여간 이러한 자연 요새에서 외부 정보와도 거의 단절되어 3년을 보냈다. 티브이는 식사 시간에 뉴스나 고향 먹거리 소개 프로그램 정도밖에 볼 수 없었다. 정보를 주는 뉴스나 교육적인 영어 방송만 볼 수 있는 것이 원칙이었는데, 고향 먹거리 프로그램은 정보 쪽에 포함이 되는 것일까.

우리의 아침 스케줄은 6시에 기상 점호 및 아침 운동이었다.

아침 운동은 달리기였는데, 그날그날 소명된 학년부터 달리면 그 뒤를 이어서 두 줄로 전교생이 운동장을 달렸다. 어쩌다 체력이 좋고 눈치 없는 사람이 선두에서 전력으로 달려버리면 뒷사람들은 너무 힘들었다. 실제로 가끔 자신과의 승부를 아침 달리기를 통해 겨룬다는 듯 전력을 다해 달려서, 전교생의 하루를 굉장히 도전적으로 만드는 사람도 있었다. 달리기 후 기숙사의 담당구역을 청소하고, 아침 식사를 한 후 8시부터 수업 시작이었다.

당시 잠을 매우 사랑하던 나는 아침 6시부터 저녁 9시 정도까지는 반수면 상태에 빠져 있었다. 밤에는 드디어 완전 충전 상태가 되어 엄청나게 기숙사를 휘젓고 다녔다. 밤에 하는 군것질도 많이 선도했다.

아침 운동조차 버거웠던 내가 달리기가 끝나고 제대로 내 구역에 가서 청소할 리가 없었다. 매일 내 청소 구역을 스윽 보고 '깨끗하군.' 하고 방에 들어가서 아침도 안 먹고 8시까지 잠을 누렸다. 다들 아시잖아요? 재침이 얼마나 달콤한지.

그러다가 가끔은 수업에 못 들어가기도 했다. 교실에서 누가 깨우러 오면 얼굴에 물만 묻히고 베개로 쓰려고 쿠션을 들고 수업에 들어가서 선생님께 조금 혼나고 다시 졸고는 했다.

그런데 나랑 이름이 비슷하다는 이유로 같은 청소 구역에 계속 배정된 불운한 인물이 있었으니 그게 바로 R이다. 소망이를 같이 키운 바로 그 R.

자칭 태권 소녀인 R은 본인이 원하는 이미지와는 다르게 우리 학년에서 제일 여린 인물이었다. 그리고 특이하게도 이상형이 송대관 아저씨였다. R은 엄청 성실한 이미지가 있었는데, 2년간 같은 방을 쓰며 나에게 물들었는지 3학년 때는 나와 같이 자주 청소를 땡땡이쳤다.

나도 공동 책임인 청소를 혼자 땡땡이쳐놓고 미안하지 않은 배짱은 못 되었다. 아침 운동이 끝나면 재빨리 R에게 가서 "내가 지금 청소구역 가봤는데 무지 깨끗. 청소 안 해도 되겠어. 오늘은 쉬자."하며 R까지 땡땡이치게 유도를 하고는 했다. 그렇지만 착한 R은 알았다고 하고 가끔 홀로 청소를 한 모양이다.

그날도 나는 청소를 땡땡이치고 자고 있었다. 오늘은 왠지 배가 고프니 아침이나 먹어볼까 하는 생각이 들었지만, 눈이 안 떠져서 침대 속에서 꼼지락거리던 중이었다. R이 흐느낌 섞인 이상한 소리를 내며 방문을 열고 내 이름을 불렀다. 아 이 무슨 데자뷰……

불길한 예감과 함께 눈을 간신히 뜨고 나가보았다. 우리의 청소구역에 새빨갛고 길고 크며 생생한 지네가! 살아서 들썩거리는 지네가! 신나게 꿈틀거리고 있었다.

길이는 48cm 정도. 굵기는 굵은 곳은 2cm 이상이었을 거다. 발은 매우매우매우매우매우 많음.

나는 처음 만난 지네를 첫눈에 무척 싫어하게 되었으며 (자신있다. 대부분의 사람은 좋아할 수 없는 비쥬얼이다.) 실은 그게 무엇인지 파악한 후 부터는 제대로 쳐다보지도 않았다.

그날 사감 선생님인 황태(나 혼자 계속 불렀지만 끝내 유행시키지 못하고 졸업) 선생님을 불렀지만, 황태 사감 선생님도 쳐다보며 "허어…… . 이거 참 큰걸 허허." 하시더니 슬그머니 도망가셨다.

나는 2학년에 모든 생물을 매우 사랑하는 소녀가 있다는 것을 기억해 냈다. 사실 지네까지 사랑했는지는 잘 모르겠으나 어쨌든 생물반 이었던 그 소녀는 내가 생각하는 모든 징그러운 것을 거침없이 다룰 수 있었다. 나는 그 소녀에게 도움을 청해보기로 했다.

책임감이 강한 R은 방에 들어가지도 못하고 저 멀리에 떨어져서 지네 쪽을 바라보며 벽을 잡고 흐느끼고 있었다. 그녀의 행동은 관객을 끌어모으는 부수적 효과가 있었고, 다들 무슨 일이지 하고 다가와서 사태를 파악한 즉시 자리에서 벗어났다. 나는 지네가 어디론가로 숨어버릴까 불안했다. 방과 지네 발견 장소는 가냘픈 나무문 하나로만 구분되어 있는데, 문 밑에 1cm의 틈이 있어서 방에도 쉽게 들어올 수 있을 것 같았다. 방이 침입당한다면 얼마나 찝찝할까.

생각해보니 전날 간식이 치킨이었다.

입학했을 때 선배님들이 우리를 모아놓고 (단체로 다양한 주의를 많이 받았다.) 이야기하던 레퍼토리 중 하나가 지네였던 것이 생각났다. '치킨을 먹으면 냄새를 맡고 지네가 나오니 치킨을 먹은 날 청소를 꼭 신경 쓰고' 이런 이야기를 들을 때 속으로 '지금이 조선 시대도 아니고 학교에 지네가 왜 나오며, 지네의 식성을 어떻게 안다고 이런 도시 전설 같은 얘기를' 하고 가볍게 무시했던 기억도 났다. 전달 방법이 더 좋았으면 훨씬 신빙성 있게 들렸을 것이다.

하여간 지네도 처음이었지만 그렇게 크고 그렇게 생생한 지네는 정말 처음이었다. 거기다 지네가 출현한 장소가 하필 대걸레.

아침, 대걸레질을 하려던 R은 걸레의 헝겊 부분이 회색이어야 하는데 선명한 빨간색으로 들썩들썩하는 것을 발견했다. 그리고 안 좋은 눈으로 가까이 다가가서 이게 뭐지 하고 자세히 보았다. R은 그게 걸레를 가장하며 걸레 갈기에 섞여 있는 엄청난 크기의 지네라는 걸 알고 방에까지 울며 와서 불쌍하게도 전혀 의지 안 되는 나를 찾은 것이다.

그래도 결국은 내가 치웠으므로(후배 소녀를 시켜서) 지네는 죽었다. 소녀가 관객을 살짝 의식하며 능숙하게 집게로 지네를 잡아서 토막을 내고 땅에 묻었다. 이 과정 내내 잔잔한 미소를 머금고 있던 후배 소녀는 정말 용감하고 멋있었다.

지금도 그 선명하고 영롱한 빨간색과 숱이 풍성하고 많은 다리인지 갈기인지를 생각하면 싫긴 하다. 그래도 어떤 종류의 지네인지, 독 없는 지네인지, 해로운 지네인지도 모르고 다짜고짜 죽인 것을 생각하면 미안하다. 포획할 수 있었을 정도면 놔 주었어도 좋았을 텐데.

너도 먹고살자고 산에서 먼 길 내려왔을 텐데 미안해 지네야.

원치 않는 운명적 만남이 있었나요. 저는 주로 저런 부류의 곤충들과 그런 일이 있고는 해요. 맨발로 밟았던 바퀴벌레와 눈이 마주친 적 있으신가요…? 저는 그 맨발의 감촉을 잊을 수 없습니다.

제3장. 개님과의 일상

우리와 함께 하는 모든 개들에게 고마움을 전하며

돌돌이

우리 집에는 3마리의 돌돌이가 있었다.

1대 돌돌이는 낙타가 혼자 일어서서 걷기 시작했을 때 우리 집에 왔다.

작은 낙타보다 더 작은 강아지가 마당에 있는 것이 꿈만 같았다. 앞으로 계속 개와 같이 살 수 있다니, 이렇게 멋지고 좋은 일이 생기다니!

작은 황토색 강아지는 쑥쑥 금방 커서 멋진 진돗개가 되었다.

1대 돌돌이는 조금 통통하고 가장 성격이 좋았는데, 얼굴도 참 상냥하게 생겼다. 그리고 우유를 좋아했다. 학교에서 우유를 몰래 남겨와서 돌돌이에게 주며 그날 있었던 일을 말해주면 참참참 맛있게 먹으면서 웃으며 다 들어줬다.

친구와 싸웠는데 생각해보면 나도 좀 잘못한 것 같아서 엄마, 아빠한테도 말 못 하는 것을 돌돌이한테는 다 일렀다. 돌돌이는 눈을 끔뻑끔뻑하며 다 들어주고 꼬리로 살랑살랑 위로해줬다. 조용히 옆에 앉아 따뜻한 콧김을 내뿜으며 항상 살랑살랑.

4학년 봄날이었다. 마음에 드는 원피스를 입고 낙타도 비슷한 색 원피스를 예쁘게 입고 신이 나서 아빠랑 셋이 화단에서 사진을 찍었다. 엄마는 우렁차게 하나 두울 셋! 하며 사진을 찍어주셨다. 나중에 사진을 현상해보니 우리 뒤쪽에 누구보다 가장 신난 얼굴로 웃으며 서 있는 돌돌이가 찍혀 있었다. 셋이 들떠서 사진을 찍느라 돌돌이를 챙기지 못했는데, 같이 신나서 웃으며 사진을 찍은 게 너무 귀엽고 고마웠다. 돌돌이가 우리가 모종의 기념행사를 하고 있다는 것을 이해했고, 거기 가족 일원으로서 기쁘게 참석했다는 느낌이 사진에 고스란히 묻어나와 나는 그 사진을 정말 아끼게 되었다.

5학년 때 돌돌이는 강아지 두 마리를 낳았다. 그날은 여름 방학 시작 무렵이었다. 아빠가 강아지가 세상에 나올 것 같다고 알려주셔서 아침에 일어나자마자 마당에 나갔더니 이미 강아지가 태어나 있었다. 그때만큼은 그렇게 상냥하던 돌돌이가 조금 까칠했다. 엄마 돌돌이 고생했네! 힘들었지.

아빠가 강아지 이름을 지을 수 있는 대단한 특권을 줘서 눈이 예뻐서 똘방이, 건강하게 자라라고 강철이라고 이름 지었다. 강아지를 만지면 돌돌이가 싫어한다고 해서 나랑 낙타는 둘이 손을 잡고 멀찍이서 강아지들을 구경했다. 그게 큰 낙이었다. 꼬물꼬물하던 강아지들은 금방 자라 종종종 뛰어다니기 시작했다.

아빠의 친구들이 잘 키우겠다며 강아지를 데려갔을 때는 강아지들과 헤어지기 싫어서 엉엉 울었다. 좋아하고 소중하니 같이 행복하게 살면 될 텐데 왜 헤어져야 하는 거지? 도무지 이해할 수 없어서 내가 똥도 치우고 밥도 주고 잘 돌본다고 했는데도 소용없었다.

자고 일어나면 다른 집으로 간 강아지들의 안부가 궁금해서 아침부터 똘방이는 뭐해? 강철이는 뭐해? 하며 전화해보라고 아빠를 들볶았다. 엄마 아빠도 가끔 강아지들의 안부를 전해주고는 하셨다. 전해 들은 바로는 강아지들은 금세 돌돌이와 비슷하게 커져서 멋지게 집을 지키고 있다고 했다. 하지만 정작 내 눈앞에 보이지 않는 강아지들이 계속 생각나고 보고 싶었다.

고등학생이 되며 기숙사에 살아서 고향 집에는 한 달에 한 번 하룻밤만 돌아갈 수 있었는데, 고등학교 2학년 여름방학에 일주일이나 집에 가는 기쁜 찬스가 있었다. 학교에서 집으로 가는 차에서 엄마 아빠가 평소와는 뭔가 좀 다른 것 같았다. 그러더니 집에 가서 놀라지 말라고 돌돌이가 죽었다고 했다. 돌돌이가 있어야 우리 집인데 돌돌이가 없는 우리 집이라니.

믿어지지 않고, 인사 못한 것도 슬프고, 아팠다는 돌돌이도 안쓰러워서 울었다. 평화로운 내 안의 세상에서 무언가를 영원히 잃은 처음 느껴보는 슬픔이었다. 슬픔은 안 좋은 일이 생겼거나 무언가를 잃었을 때만이 아니라 대부분의 경우 갑자기 큰 변화가 일어났을 때의 충격을 뜻한다는 글을 읽은 적이 있다. 내 안에서 슬픈 나, 미안한 나, 돌돌이가 없어 외로운 나, 당황스러운 나, 놀란 나 이런 나들이 모여 앉아서 같이 집에 오는 길 내내 엉엉 울었다.

돌돌이와 만날 수 없는 것도 슬펐지만, 누군가 모르는 사람이 와도 조용한 마당은 너무 쓸쓸했다. 돌돌이가 앉아서 고개를 갸웃갸웃하던 곳에 아무도 없는 풍경을 보기 싫었다. 나는 왜 집에서 나와 살아서, 돌돌이가 아픈 것도 세상에서 사라진 것도 이렇게 나중에 알았을까.

눈물이 범벅 되어 집에 도착하니 이미 나보다 먼저 슬픔을 극복한 낙타가 꽤 토실토실한 강아지를 안고 "왔나?" 하며 맞이해줬다. 정확하게 표현하자면 낙타는 잘 안아 보려고 했지만, 강아지가 귀찮은 듯 버둥거려서 버거워하며 품에 안고 있었다. 집에 다른 강아지가 있을 줄은 몰랐다.

엄마, 아빠도 마음이 영 쓸쓸하고 우울하셔서 진도까지 가서 1대 돌돌이랑 닮은 강아지로 고르고 골라 데리고 오셨다고 한다. 건강한 강아지라서 계속 앞발로 툭툭하고 펀치를 날리는 것이 너무 사랑스러웠다.

잘 때는 내 실내화에 코를 쏙 박고 처박혀 자는데 그게 또 엄청나게 귀여웠다. 동그란 등과 엉덩이가 오르락내리락하며 어린 강아지라 내내 잤다. 모르는 집에 와서 많이 낯설지, 강아지야.

강아지 이름은 다시 돌돌이가 되었다.

너무 귀여우면서도 1대 돌돌이가 생각나서 그립고 미안해서 눈물이 났다. 섭섭해하지만, 항상 너를 사랑하니까. 일주일 내내 아기 2대 돌돌이와 안고 놀며 지내다가 다시 학교로 돌아갈 때는 정말 섭섭했다. 말 할 수는 없었지만, 정말 학교로 돌아가기 싫었다.

느긋했던 1대 돌돌이에 비해서 2대 돌돌이는 좀 예민한 성격이라 늑대같이 컸다.

고슴도치랑도 괜히 싸워서 이기고, 마당에서 이것저것 소소한 사냥을 즐겨했다. 진심은 통한다길래 돌돌이에게 노는 것은 좋지만 다른 동물들과 싸우지 말라고 진심을 담아서 얘기를 해보았는데, 별로 알아듣는 눈치는 아니었다.

돌돌이는 날씬하고 사람들에게도 좀 불친절했다. 하지만 오래간만에 집에 가도 나에게는 살랑살랑 꼬리 쳐주며 눈으로 반겨줬다. 어렸을 때 같이 놀았던 일주일이 다 기억나나 봐.

아빠는 2대 돌돌이가 내가 집에 아주 가끔 와도 알아보고 반겨주는데, 나보다 자주 오는 친척들에게는 짖는 것을 굉장히 자랑스러워하셨다. 심지어 친척들에게 짖을 때 은근히(하지만 매우 티 나게) 좋아하셨다. 아빠는 가족만 기막히게 구분하는 돌돌이가 똑똑하다고 기뻐하시며 앉은 모습이 스핑크스 같다고 칭찬했다.

　대학원에 다니다 집에 온 날 엄마가 또 좀 이상하더니 돌돌이가 성당묘지에 있다고 했다. 속상했다. 같이 많은 시간을 보내지도 못해본 게 속상했다. 더 보고 싶고 더 잘해주고 싶었는데. 돌돌이가 외롭지 않았으면 좋겠다고 생각했다.

　고향 집에 와보니 3대 돌돌이가 벌써 와 있었다. 1대와 2대랑 닮은 우리 돌돌이었다. 뛰어다니다 미끄러져서 넘어지는 것이 너무 귀여웠다. 그 모습을 보다 보니 벌써 2대 돌돌이 어릴 때가 가물거려 좀 슬퍼졌다.

　"아빠, 예전 돌돌이도 어릴 때 이렇게 귀여웠지?" 하니 아빠는 "그럼. 귀도 안 섰을 때 부르면 달려오며 바람에 귀가 나풀나풀했지." 하신다.

　아빠 말을 듣고 돌돌이들이 더 보고 싶어졌다.

　3대 돌돌이는 가장 장난꾸러기라 화분도 많이 깨고 땅도 가장 많이 파고 꽃도 많이 죽였다. 너 이러지 말라고 뭐라고 하면 멋쩍어하는 게 귀여웠다. 아빠는 돌돌이의 앉은 모습이 라이언 킹 같다고 칭찬하셨다. 돌돌이가 멋지기는 하지만 아빠의 칭찬은 밑도 끝도 없는 것이 특징이다.

　아빠가 너무 안아줘서 돌돌이는 아빠를 자기 엄마로 아는 것 같았다. 정말 그랬으면 좋겠다고 생각했다.

　아빠는 맨날 돌돌이랑 엄청 놀아주시면서도 자꾸 돌돌이가 심심하면 어쩌냐고 걱정하셨다. 그러시더니 돌돌이가 3살 때 다른 진돗개 한 마리가 집에 왔다.

　새 강아지 이름으로 가족 넷이 의견이 팽팽하다가 결국 1대 돌돌이가 낳은 강아지 이름인 (내가 초등학교 때 처음 나름의 작명을 한) '똘방이'로 결정되었다. 새로 온 강아지는 2대 똘방이가 된 것이다.

선글라스가 잘 어울리는 돌돌이

똘방이가 우리 집에 오는 날, 나도 만사를 미뤄두고 고향 집으로 갔다. 집에 가며 오늘은 아기 강아지인 똘방이랑 잔다고 선언하자 아빠가 네가 생각하는 '아기'가 아닐 거라고 회의적인 반응을 보였다. 돌돌이 처음 왔을 때보다 두 배는 크지만 아직 목욕은 못 하는데, 오다가 바구니에서 똥 싸서 은근 꼬리꼬리하다는 경고도 덧붙이셨다. 집에 가는 버스에서 들떠서 아빠에게 계속 똘방이 지금 뭐 하냐고 물어봤다. 물먹고 앉아서 쉬고 있다는 답이 왔는데 쉬고 있다는 게 또 너무 귀여웠다.

똘방이는 아기 때부터 엄청 엄청 컸다. 발도 크고 덩치도 크고. 돌돌이들이 꽤 자랐을 때만큼 컸는데 태어난 날 수로 치면 아기라고 했다. 돌돌이가 똘방이랑 싸울까 봐 걱정했는데, 다른 개에게 쌀쌀맞은 돌돌이가 똘방이가 어려서 그런지 챙기면서 잘 해줬다.

돌돌이는 밥도 똘방이 옆에서 먹고 똘방이를 데리고 여러 가지를 알려줬다.

물먹고 쉬고 있는 똘방이

똘방이에게 큰 그릇을 양보한 돌돌이

둘이 나란히 밥을 먹는데 아빠는 아기 똘방이 발이 돌돌이 발이랑 크기가 벌써 비슷하다며 똘방이는 매우 크게 자랄 거라고 흐뭇해하셨다.

똘방이는 금방 돌돌이한테 많이 배워서 같이 옥상에 올라가서 아빠가 언제 오시나 주차장 쪽을 내려다보며 정찰도 하고 망도 봤다. 아빠는 두 개의 멋진 등대 탑이 옥상을 지키는 것 같다고 칭찬했다.

한 살인 똘방이는 세 살 돌돌이보다 훨씬 덩치도 크고 해맑게 자랐다. 해맑아서 눈치도 없고 덩치도 큰데, 자꾸 내 발을 밟아서 쳐다보면 더 좋아하며 또 발을 밟는다. 완전 방정맞다.

그리고 두 살이 된 똘방이는 네 살 돌돌이가 낳은 강아지들의 아빠가 되었습니다…….

첨에 듣고 좀 놀랐다. 똘방이가 돌돌이를 엄마같이 생각하지는 않았구나. 녀석.

3대 돌돌이

잠만 자는 강아지

어느 겨울, 돌돌이는 아우우~ 하더니 가볍게 강아지 세 마리를 낳았다. 강아지들의 할아버지나 할머니 개 중에 하얀 개가 있는지 하얀색 강아지도 태어났다.

이 사건에 너무 신나고 너무 두근거리는 아빠는 돌돌이와 강아지를 위해서 '엄청 큰 집' ('피톤치드가 나오는 편백 나무로 만든'이라는 수식어를 이 집을 설명할 때는 항상 붙이셨다.)을 새로 만들어 주셨다.

아빠는 새 강아지집을 만드시며 너무 신나서 새 집과 집을 만드는 아빠 모습을 담은 사진을 서울에 있는 나와 낙타에게 많이 많이 보내주셨다. 그런데 '엄청 큰 집'에서 하루 지내 본 돌돌이가 집을 무시하고 주목 나무 밑에 아침부터 땅을 파고 구덩이를 만들고는 강아지들을 데리고 이사를 가 버렸다.

아빠는 정성껏 만든 멋진 브랜뉴하우스가 돌돌이에게 무시당해서 속상하셨지만, 강아지가 눈을 뜨고 돌아다닐 수 있게 되면 그 집을 사용해줄 거라고 스스로를 위로하셨다.

강아지는 세 마리가 모여서 모락모락 매끈매끈한 등을 보여주며 맨날 잠만 잤다.

강아지들은 코도 돼지같이 분홍색이고 귀여웠다. 그런데 아빠가 매일 매일 보내주시는 사진의 강아지들 크기가 똑같아 보였다. 강아지들 금방 크는데 얘네가 지금 잘 크고는 있는 건가?

은근히 걱정되어 전화로 아빠에게 "얘네 크고 있긴 한 거야?" 하고 여쭤보았다.

아빠가 "태어난 지 일주일인데 두 배로 컸어. 2대 돌돌이 실내화에 코 박고 잘 때보다도 큰 것 같아." 하신다.

아빠도 2대 돌돌이라고 부르고 있고, 아빠도 실내화에 코 박고 자던 돌돌이가 너무 사랑스러워서 계속 기억하고 계시는구나 싶어서 뭔가 맘이 찡했다.

우리 가족에게 돌돌이는 얼마나 소중한지 모르겠다. 가끔 좀 마음이 허할 때 막연히 돌돌이들이 모여서 하늘에서 웃고 있다고 생각하는 것만으로 마음이 따뜻해질 때가 있다.

나도 계속 너희 생각하고, 너희도 나 계속 보고 있지.

강아지들은 매일 비슷해 보였던 시기가 지나니 또 금방 무럭무럭 자랐다. 셋 다 졸린 눈을 하고 있는 게 귀여웠다. 포동포동 살이 쪄서 강아지가 아니라 아기곰 같아졌다.

나는 이 시기에 주말마다 고향에 갔다. 틈이 안 나면 틈을 만들어서 고향에 갔다. 가면 강아지들은 나를 알아보고 달려와서 한껏 환영해주었다. 돌돌이는

곰 아닙니다

그런 강아지들 뒤에서 뿌듯한 얼굴로 서 있었다.

아빠는 아쉽지만 가장 작은 '막내'만 남기고 다른 강아지들은 좋은 사람들이 길러야 할 것 같다고 하셨다. 섭섭해서 안 된다고 우겨보려고 했지만, 아빠 엄마도 이제 나이가 드셔서 개들을 다 돌보기는 이래저래 어렵다고 하셨다. 가끔 고향에 내려가서 편하게 개들과 놀기만 하는 나는 싫다고 더 떼쓸 수 없었다.

혼자 남은 막내는 무럭무럭 잘 커서 조금 울상이어서 더 귀여운 개린이(개+어린이)로 성장했다.

언니 막내

막내에게 동생이 생길듯하다. 계획되지 않은 이벤트인 듯 했다. 아빠는 약간 심란해 보인다.

아빠한테 강아지들 맞을 준비는 잘 되고 있냐고 여쭤보니 돌돌이랑 막내랑 둘이 키우라고 할거라는 엉뚱한 대답이 날아왔다.

나랑 낙타는 강아지들 볼 생각에 좋긴 하다. 그리고는 곧 돌돌이는 네 마리의 강아지를 낳았다.

강아지 솔이

새 집 공사 소리에 긴장한 강아지들

아빠의 판화, 주인공은 강아지

아빠 엄마는 우리 집에 개는 돌돌이, 똘방이, 막내 세 마리까지만! 이라고 선언하시고 이번의 강아지들은 다 입양을 보낼 거라고 하셨다. 이번의 네 마리도 너무너무 귀여워서 헤어지기 싫어서 나와 낙타는 처음에 좀 삐쳤었다.

하지만 아빠가 만든 화판화를 보고 아빠랑 엄마도 우리만큼 섭섭하겠구나 하고 더 이상 삐진 티를 내지 않았다.

대신 꼭 잘 돌봐주는 좋은 사람들 집에 보내기로 약속하고 사람들을 잘 골라서 강아지들을 맡겼다. 그런데 얼마 후 엄마 아빠가 다른 사람 집에 보냈던 강아지 중 한마리를 다시 데려오셨다. 잘 돌봐주기로 약속했는데 다시 찾아가 보니까 강아지가 영 기운이 없고 환경도 좋지 않았던 것이다.

다시 데려온 강아지는 그 새 파보에 걸려있었다. 아프고 기운이 하나도 없

눈에 별을 박은 건강해진 강아지

었다. 아빠, 엄마는 강아지를 데리고 병원에 다니며 속상해서 마음고생을 했다. 병원에서도 강아지가 살기가 어려울 것 같다고 해서 아빠는 우리에게 티도 못 내고 엄청 속상하셨던 모양이다. 그래도 강아지를 열심히 돌봤다.

어느 날 아침 일어나보니 아팠던 강아지가 일어나서 꼬리를 붕붕붕붕 힘차게 흔들며 뛰어 놀고 있었다.

병이란 게 그렇게 갑자기 나을 수 있는 것이라니. 우리 가족은 병을 이긴 강아지가 대견하고 고마워서 마음 놓고 강아지 이름을 지어주기로 했다.

가족들 단체 카톡방은 강아지 이름 정하기로 난리였으나, 그 무엇 하나 서로의 마음에 들지 않고 이름 발제자의 마음에만 들었다. 네 명이 각각 몇 개씩 이름을 짓고 싶어 했다. 투표를 하면 모든 이름들이 1표씩을 받았다.

그래서 강아지가 스스로 이름을 고르게 하기로 했다.

각자가 부르고 싶어하는 이름을 종이에 써서 강아지가 맨 처음 고르는 것을 이름으로 하기로 정했다. 강아지는 신나서 이름을 골랐고, 종이를 펴보니 '솔이'. 강아지 이름은 엄마가 붙여 주고 싶어하던 이름 솔이가 되었다.

기운을 차린 솔이는 엄마 돌돌이와 언니인 막내에게 여러 가지를 배우며 금방 우리 집에 다시 적응했다. 옥상에 올라가서 아빠가 집에 오길 기다리고, 막내와 같이 마당의 흙을 파며 놀기도 했다. 집에서 잠을 잘 때 머리 위에서 개들이 즐겁게 타닥타닥 뛰어다니는 소리가 들리면 왠지 안심되어 푹 잤다. 쟤네는 낮이나 밤이나 뭐가 저렇게 신날까. 귀엽게시리.

아빠는 그 뒤로도 가끔 "아빠는 그때 솔이를 영영 잃는 줄 알았어. 병을 이겨낸 솔이가 너무 신통방통해." 하며 솔이를 쓰다듬으신다. 돌돌이와 똘방이와 막내와 솔이가 있는 그때 우리 집은 정말 마음이 든든했다.

차에서 내려서 집 쪽을 보면 옥상에서 메트로놈처럼 꼬리 세 개가 열심히 흔들리고 있었고 개들이 너무 보고 싶어져서 짧은 길을 서둘러 걸어가는 기분이란. 개들은 어쩜 이럴까. 이렇게 한결같이 사랑스러울까.

돌돌이의 외출

손님이 대문을 덜 잠그고 가서 돌돌이, 막내, 솔이 개님 세 마리가 대 방출되었다. 얼마나 놀라고 가슴이 철렁했는지 모른다.

근처에 사시는 큰아빠가 지나가다 그 광경을 목격하셔서 개들의 외출 사실을 처음 알았다. 큰아빠는 돌돌이가 위풍당당하게 머리를 들고 막내랑 솔이를 거느리고 다리 건너는걸 알아 보셨다고 한다. 놀라서 이름을 불렀더니, 솔이만 쪼로록 달려와서 솔이는 바로 검거에 성공했다.

개들이 돌아올까 봐 대문을 열어놓고 온 가족이 밖에 나가서 개들을 찾았지만 찾을 수 없었다. 힘 빠져서 집에 돌아와보니 막내가 어디서 뭘 했는지 꼬질꼬질한 얼굴이 되어 마당에 묶어둔 솔이 옆에 앉아서 웃고 있었다. 돌돌이도 근처에 있을 것 같은데 어디 있지 하고 한참 찾다가 옆집인 할머니 댁에 가보니 돌돌이는 할머니 댁에서 지내는 똘방이 옆에서 꼬리를 살랑거리며 앉아있었다. 아빠는 "너 신랑 보고 싶었구나?" 하며 헛헛하고 한참 웃으셨다.

돌돌이한테 이제 우리 집에 가자고 하니 들은 척도 안 했다. 전략적인 접근을 해보려고 막내랑 솔이를 데려와 봤다. 갑자기 만난 네 마리의 개들은 무단 탈출 고생한 날에서 아빠 개인 똘방이랑 다같이 노는 좋고 신나는 날이 되었다. 개 네 가족이 즐겁게 뛰어놀다가 막내랑 솔이를 슬쩍 집에 데려가니 돌돌이도 아쉬운 얼굴로 총총총 걸어서 집으로 건너왔다.

갑자기 혼자 남은 똘방이에게 꽤 미안해져서 많이 놀아주고 맛있는 것을 듬뿍 주었습니다.

용의자

돌돌이, 막내, 솔이 셋 중 하나는 꽤 높은 난이도의 미닫이문을 열 수 있다. 사람도 섬세하게 붙잡고 열어야 하는 미닫이문이다.

지난번 비가 와서 걱정되어 마당에 나가니 다들 없길래 부르니까, 우리 집과 할머니 댁 사이의 미닫이문을 열고 통로에서 놀던 개들이 우르르 나와서 불렀냐 하고 조금 성의 없이 인사하고는 다시 우르르 통로로 들어간 적이 있다. 그때 처음 알았다. 쟤네 문을 여닫고 다니는구나.

아빠가 '막내 같아, 저 얼굴로 능청맞게 열고 모른척하며 웃을 것 같아.' 하셔서 맞아, 맞아 하고 있는데 가만히 보니까 솔이의 목줄이 없는 거다.

그러고 보니 얼마 전 특식으로 돼지 갈비뼈를 삶아준 일이 있다. 솔이가 뭔가 목에 걸려서 캑캑거리길래 아빠가 솔이 입을 벌려서 빼주려고 했는데 잘 안 나왔다. 아빠가 다음 방법을 고민하는 짧은 사이에 솔이가 자기 앞발을 입에 넣더니 뼈를 꺼낸 적이 있다고 했다. 그게 구조적으로 되나 했는데 아빠는 봤다고 하셨다. 가만 보니 아주 수상하다고 덧붙이시며.

옥상에 갔더니 솔이의 목줄은 옥상 구석에 솔이가 좋아하는 슬리퍼 등 몇 전리품과 함께 나란히 전시되어있었다. 본인이 스스로 목줄을 푼 걸까……

미닫이 문을 여는 현장을 직접 못 봐서 범인을 단정 못 하지만 돌돌이는 착하니까 아닐 테고, 얼굴로 봐서는 막내인데, 여러 증거가 범인은 솔이라고 말하고 있다.

알고 보면 앞발을 자유롭게 써서 화초도 가꾸고 편지도 쓰고 꽤 많은걸 할 수 있고 그러면 좋겠는데, 그럴 수 있으면서도 아닌 척하는 거면 좋겠지만, 그건 아니겠지.

짧은 이야기

오래간만에 집에 가니 개님들이 주차장까지 들리게 컹컹거리며 환영하더니, 대단한 점프를 해서 내 얼굴을 막 핥고 대단한 하이파이브까지 해서 난 순식간에 뒤로 넘어졌다.

화단 흙으로 넘어져서 다행이라고 생각하며 이 자식 뭐지 하고 막내를 쳐다보니 웃으며 도망가고 있었다. 야 이놈아.

그 광경을 본 아빠는 어디서 보셨는지 메리노 양을 타고 다니며 양을 모는 양치기 개와 건방진 메리노 양들의 표정을 상세히 묘사하시며, 자신 없는 말투로 돌돌이는 똑똑한데 막내랑 솔이는 좀 더 똑똑해도 좋을 것 같다고 이야기 끝에 은근히 덧붙이셨다.

저 날 저녁, 마당에서 말소리가 한참 들려서 아빠가 긴 통화를 하시나 했다. 그런데 가만 들어보니 내용이 "그러니까 네가 엄마니까 어? 애들 교육을 잘 시켜서 어? 언니한테 올라타지 말라고 하란 말이야." 하는 자식 교육에 대해서 돌돌이에게 잔소리를 하시는 중이었다.

아부지 사랑합니다. ㅋㅋㅋ

해맑고 건강해서 고마워 강아지들!

개 솔이

앞산에 사는 고양이 '복부'의 밥을 주고 내려오던 길에 낙타에게 전화를 받았다. 첫 마디의 '언니'가 벌써 울먹이는 목소리였다. 다음 말까지의 1초가 100년같이 영원하게 느껴졌다. "솔이가 죽었대."가 낙타의 다음 말이었다. 멍해서 아무 생각도 나지 않았다.

언젠가 내려갔을 때 솔이 눈이 이상한 것을 알았다. 먹을 것을 줬을 때 이전보다 솔이 이빨이 손에 깊이 스치길래 장난치나 보다 했는데 솔이는 백내장을 앓고 있었다. 티가 나지 않아서 몰랐었는데 엄마, 아빠는 아셨다고 한다. 밤에 불빛에 잘 비춰보아야 알 수 있었다. 솔이는 당뇨병과 백내장을 같이 앓고 있었다. 아빠, 엄마도 속상한데 우리까지 속상할까 봐 이야기를 안 하셨다고 한다. 근처 큰 병원에 데려가도 어쩔 수 없다는 답을 들었다고 했다.

나와 낙타는 개의 당뇨병과 백내장을 잘 관리하고 있는 사례들을 찾아봤다. 여러 가지 관리 방법이 있는데, 솔이가 바깥에서 지내는 개라서 병원에서는 잘 대응을 안 해줬나 싶은 생각이 우선 들었다. 애완견 같이 보이는 개들만 제대로 치료해주나 싶어서 속상하고, 많은 사람들이 개들이 병에 걸려도 잘 치료를 안 하니 병원도 그런 식으로 대응하는 건가 싶어 또 속상했다. 아빠와 이야기해서 더 멀고 큰 병원으로 솔이를 데려가기로 했다.

멀고 큰 병원에서도 '왜 그런 개를 굳이 치료하냐, 시간과 돈 낭비다.' 라는 톤이 어렴풋이 묻은 시큰둥한 반응이었다. 솔이가 얼마나 소중한 개인지를 설명하며 꼭 적절히 치료를 하고 싶다고 구구절절 설명하고 나서야 아빠는 솔이

약과 인슐린 주사약 등을 받아오실 수 있었다.

솔이는 아침저녁 정해진 시간에 인슐린 주사를 맞아야 했다. 아빠는 1년 넘게 매일 아침저녁으로 솔이에게 주사를 놓아주셨다. 처음에는 솔이가 주사를 싫어해서 주삿바늘이 휘고 주사가 잘 안 들어가고 난리도 아니었다. 솔이가 힘이 세서 버둥거리다 아빠가 찔리면 큰일이기 때문에 아빠는 조마조마 하셨다고 한다.

그리고 곧 아빠와 솔이 사이에 주사 맞기 행사를 위한 매일의 작은 약속이 생겼다. 주사를 맞을 때가 되면 아빠가 집 안으로 솔이만 데리고 들어온다. 그리고 솔이가 가장 좋아하는 간식을 주면 간실을 입에 넣고 솔이는 웃으며 알아서 눕는다. 아빠가 주사를 다 놓을 때까지 누워서 기다리다가 주사기를 빼면 솔이는 일어나서 꼬리를 흔들며 막내가 있는 곳으로 나간다.

그 과정이 얼마나 빠르고 유쾌하게 이루어지는지 모른다. 그렇게 되기까지 아빠랑 솔이는 아주 많이 연습하고 고생하고 시행착오를 겪었겠지. 솔이는 그 주사가 뭔지 다 아는 것 같았다. 아빠는 주사를 놓고 나면 솔이와 막내를 많이 많이 만져주신다.

솔이의 대단한 점은 눈이 안 보이게 되었어도 정말 평소와 하나도 다름없이 씩씩하게 돌아다닌다는 것이다. 그래서 솔이 눈이 안 좋다는 사실을 너무 늦게 알기도 했다. 솔이는 평소와 다름없이 계단과 옥상도 잘 다니고 여기저기 망을 본다. 물건 위치를 바꾸지 않는 한 어디 부딪히지도 않았다. 안 보여서 혼자 겁나고 무서웠을 텐데 항상 씩씩해서 대견하다 솔이.

솔이는 잘 안 보이는 눈으로 평소와 다름없이 막내와 잡은 야생 동물을 두고 으르렁거리기도 하고 뛰어다니면서 잘 놀았다. 둘이 노는 것을 보고 있으면 가끔 솔이 지금 눈이 안 보이지 하는 사실을 잊을 때도 있었다. 말도 못 하고 얼마나 답답할지 상상하니 안쓰러운데 저렇게 잘 놀며 지내는 것이 대견하면서도 또 안쓰러웠다. 힘없기 직전까지 솔이는 꼬리를 한껏 들고 신나게 돌아다녔다. 솔이는 아빠와 엄마의 사랑을 다 알고, 그 사랑을 믿었다.

내가 가면 똑같이 좋아서 달려들고, 자기 사료가 맛없으니 막내 사료 탐내고 간식도 좋아하고. "너 너무 식탐 많아서 막내 거 뺏어 먹고 해서 아프잖아." 하고 속상해서 뭐라고 해도, 솔이는 항상 유쾌했다.

아빠가 솔이의 약과 주사를 받으러 갈 때마다 병원에서는 "그 개 아직 살아 있슈?" 한다고 했다. 아빠는 나에게 전화로 솔이가 잘 견디고 씩씩하다고 칭찬을 날마다 전해주셨지만 그래도 고향에 가서 솔이 좀 더 살이 빠졌다고 느낄 때마다 속상했다.

내가 지난번 갔을 때만 해도 솔이는 평소와 다름없이 막내와 같이 신나게 잘 놀고 있었다. 아니 바로 엊그제 아빠가 아침에 보내주신 사진만 해도 기분이 좋아 보였다.

그런데 어제부터 축 처져서 기운 없이 아무것도 안 먹었다고 한다. 엄마는 그런 솔이가 너무 안쓰러워서 좋아하는 북엇국을 끓여줬는데도 솔이는 먹지 않았다고 한다. 날이 밝자 엄마, 아빠는 마음이 급해져서 솔이를 안고 병원으로 떠났다. 엄마가 운전하고 아빠는 뒷좌석에서 축 처진 솔이를 꼭 안고 조금만 힘내자며 병원으로 가는 길에 솔이는 조용히 세상을 떠났다고 한다.

낙타는 나에게 솔이가 죽었다는 사실을 알려주며 "너무 울면 아빠가 더 속상해하니까 너무 울지 않도록 해." 라는 말을 자기도 울면서 했다. 낙타와 전화를 끊고 한참 울고 엄마 아빠에게 전화했는데 엄마 목소리 들으니 또 눈물이 났다.

가장 속상한 부분은 솔이가 죽어서 오히려 더 편할까 하는 생각이 들어서였다. 솔이는 파보도 앓고 당뇨도 앓고 백내장도 앓고 너무 고생을 많이 했다. 잘 해주고만 싶었는데 왜 이렇게 많이 아팠을까.

전화 건너의 아빠도 속상함이 가득해서 솔이가 처음 다시 집으로 왔을 때를 회상하셨다. 아빠와 엄마가 입양 보냈던 솔이를 다시 데려오던 날, 솔이를 데리고 있던 집에서는 솔이가 죽을 것으로 생각해서 땅을 파고 있었다고 한다.

"그때 얼른 안고 가서 혈관 주사 맞히고 솔이가 씩씩하게 병을 이겨서 우리랑 더 오래 있을 수 있었지. 무릎 위에서 솔이를 끝까지 꼭 안아줬어. 솔이 이정도면 많이 힘냈어." 하고 나를 위로해주시는 아빠가 가장 속상해 보였다. 나야 오늘내일 펑펑 울고 또 회사에 가서 정신 없이 지내겠지만, 솔이에게 주사를 놔주던 아빠는 그 시간이 올 때마다 훨씬 더 적적하시겠지.

우리는 혼자 남은 막내가 걱정되었다. 작년에는 엄마 돌돌이가 떠나고 올해는 동생 솔이가 떠났다. 막내도 다 알 텐데 얼마나 허전할까. 아빠 친구가 키우는 똘방이를 다시 데리고 올까 싶기도 했는데 똘방이는 막내보다 너무 크기도 하고, 엄마는 이제 개들을 잃는 게 너무 마음 아파서 더 못 키우겠다고 하신다. 나는 똘방이가 오면 좋겠어서, 그래야 아빠가 더 기운이 나실 것 같아서, 엄마에게 "그만큼 좋고 사랑스러웠으니까 그만큼 속상한 거 아닐까?" 해봤다. 가끔 가서 개들의 가장 좋은 부분만 누리는 나는 이런 때 항상 면목 없기만 하다.

사랑하는 존재가 생기는 것은 마음 측면에서 볼 때 큰 약점이 생기는 것이다. 내 행복이 어쩔 수 없이 사랑하는 존재에게 결속되기 때문이다. 어렸을 때부터 나를 키워주신 할아버지께서 떠나셨을 때, 돌돌이들이 떠날 때가 그랬다. 사랑하는 존재가 아프거나 만날 수 없게 되면 너무나 힘들고 불행해진다. 생각할 때마다 그리워지고 보고 싶다.

그런데도 이렇게 사랑할 수 있어서 보고 싶어서 다행이라는 생각이 든다. 할아버지께서 떠나셨을 때는 세상이 어떻게 되는 것 같았다. 마음이 무너지는 것 같았다. 그 무너진 한쪽이 영영 돌아오지 않을 것 같았다. 내내 무너진 마음을 안고 살아야 하나 싶었다. 분명 즐거워야 할 때도 머릿속 어딘가 할아버지 빈자리에 찬 바람이 불었다.

맞벌이하시는 아빠 엄마를 대신해서 바로 옆집에 사시던 할아버지, 할머니께서는 유치원과 초등학생 꼬마 나를 돌보아 주셨다. 소풍 때는 항상 할머니가 따라와 주셨고, 학원이 끝나거나 갑자기 비 오는 날 교문에서 자전거를 끌고 또는 우산을 들고 기다려주신 것은 할아버지이셨다. 할머니, 할아버지 손잡고 다니는 게 얼마나 좋고 자랑스러웠는지 모른다. 나를 위해 일부러 와주신 우리 할아버지, 할머니!

할아버지 자전거 뒤에 헤벌쭉하고 타 있을 때, 기분이 좋기도 하면서 할아버지 힘드시면 어쩌지 하고 걱정됐다. 할아버지 힘드실까 봐 미동도 안 하고 할아버지 등 뒤에 찰싹 붙어 앉아서 집까지 왔다. 집에 도착하면 할아버지는 멋쩍게 허헛 하고 웃으시며 나를 내려 주셨다.

할아버지가 세상을 떠나신 몇 달 후, 친구들과 예정해 두었던 배낭여행을 떠났다. 로마 공항에 도착했을 때 나는 공항 저편의 사람들 사이에서 할아버지와 똑같이 생긴 할아버지를 보았다. 얼떨떨해서 그 자리에 얼어붙어서 눈물만 똑똑 흘리다가 친구가 무슨 일이냐고 흔들어서 정신이 들었다. 다시 찾아보니 그런 사람은 어디에도 없었다. 내가 잘 못 본 건지 뭔지 알 수 없었지만, 그때 강하게 할아버지가 나와 함께 계신다는 기분이 들었다. 이렇게 축 처진 모습을 할아버지께 보여드리면 안 되겠다고 힘내야겠다고 생각했다.

할아버지를 그만큼 사랑하고 그만큼 사랑받을 수 있어서 좋았다. 안 그랬으면 그런 사랑이 있다는 것조차 몰랐을 것이다. 그 사랑이 있었기에 내 인생 전체가 훨씬 아름다워졌다. 내가 지금의 내가 될 수 있었다.

개들의 사랑도 대단하다. 그 눈빛을 보고 있자면 부모님 아닌 사람으로부터는 아마 받기 어려울 사랑을 개들에게 받는 게 아닌가 하는 생각이 든다.

파보에서 나은 직후 눈에 한없는 믿음과 조건 없는 사랑을 담뿍 담고 나를 올려다보며 열심히 꼬리를 흔들던 솔이가 생생히 기억난다. 고마워 우리 솔이, 우리 돌돌이들.

제4장. 대학의 일상

고향

고향 집에 오면 거의 차력하는 것처럼 잔다. 기본적으로 12시간 이상은 너끈히 자고 여기에 보태서 낮잠을 서너 시간씩 자는 생활을 한다. 아무래도 긴장감이 풀리고 안심이 되니 이렇게 밑도 끝도 없이 졸리나 싶다.

자지 않을 때는 침대에 누워 어렸을 때 선물 받은 '세계진문기담'이나 '잡학사전', '경이로운 대자연'(이상 리더스다이제스트 시리즈) 같은 단편적 이야기를 읽다가 다시 곧 무아지경에 빠져 자는 것이 일과다. 아아 좋아라.

낙타만 해도 방금 점심을 잔뜩 먹어 놓고서 갑자기 조용해서 가보니 어느새 침대에 종잇장 껴 있듯 동화되어 있었다. 그 완벽한 일체감. 무위자연이란 이런 것을 뜻하는 말일지도. 그렇다면 낙타는 먹고 바로 자는 것만으로도 세상의 진리를 몸으로 표현하는 대현자 아닌가.

이제 다시 서울로 돌아가야 하는데 만사가 귀찮다. 서울에서 나를 기다리는 할 일, 책임감, 현실.

아아, 귀찮아. 난 해 뜨는 나라의 귀잔아(貴殘我).

하지만 어느새인가 또 빤짝 기운 나서 할 일을 하고 그렇게 살겠지.

고향이란 훌륭한 충전소가 있어서 다행이다. 돌아올 곳이 있어서 다행이다.

어떤 상관관계

대학교 기말고사 기간, 공부가 너무 하기 싫어서 시험 끝난 후인 7, 8월의 계획을 종이에 써봤다. 아름다워 보였던 방학조차 별것 없다는 것을 시작적으로 깨닫고 허탈해하던 차였다. 친구에게 문자가 왔다. 공부가 안돼서 내년 초 여행계획을 짜고 있다고 한다. 나보다 훨씬 미래를 내다보는 훌륭한 안목이다.

곰곰이 생각을 해봤다.

왜인지 시험 기간에 계획을 세운다거나 하는 일이 매우 자주 있다.

이것은 시험공부 계획보다도 더 장기적인 미래의 계획인 경우가 많다.

이게 단순히 시험공부에 대한 회피일까? 그것뿐일까?

왜일까⋯⋯. 진지하게 생각해봤는데 이런 겸허한 마음의 발로인 것 같다.

이번 시험은 어차피 '이렇게' 된 거니 마음 비우고 편히 생각하고, 대신 미래에는 더 밝고 건전히 살고자 하는 바람이 계획을 세우도록 유도하는 것 아닐까?

시험공부의 계획을 세우면 남은 시간에 비해 공부할 양이 무시무시하다는 것을 실감하기 때문에 매우 불쾌해진다. 그에 비해 미래의 계획은 거의 즐거운 것이고 (나쁜 것을 계획하지는 않는다.), 그렇게 된다는 어느 정도의 확신과 적어도 희망이 있다. 또한, 그 계획은 보람된 다수의 것들도 포함하고 있다. (이루어질 확률은 둘째치고) 미래의 계획을 세우며, 비록 지금 시험공부를 안 하고 있지만 내 미래는 시험 따위와는 상관없이 밝고 아름다울 것이란 기분이 든다. 그래서 나와 친구는 오늘도 시험공부를 하려다 계획을 세우고 말았다.

갑자기 1학기 중간고사 기간에 친구와 공부는 안 하고, 기말고사는 3주 전부터 준비 시작하자고 계획 세우던 것이 생각나는 밤이다.

–내일 아니 오늘이 기말 고사인 나를 스스로 위안하며–

학교의 밤

기말 시험 하나를 마치고 집에 돌아와서 자다가 일어나보니 저녁 8시가 다 되어 가고, 낙타는 배고프다고 난리가 났다. 나와 낙타는 왜인지 고기를 구워서 성대하게 저녁을 먹고 둘 다 컴퓨터를 하기 시작했다. 너무 배부르고 나른해서 다음 과목의 공부를 할 수 없었다.

이 상황을 친구에게 문자로 보고하니 친구는 '너한테 오는 문자 70%가 밥 한 사발 먹고 죽겠다는 내용이야.' 하고 정리를 해줬다.

그때 낙타가 우리 학교 도서관에 가서 공부하자는 뜬금없는 아이디어를 냈다. (낙타네 학교는 우리집에서 멀다.)

귀찮아……하는 기분이 순간적으로 들었지만, 다시 잘 생각해보니 낙타와 어딘가로 '공부'하러 가는 것은 처음이었다. 재미있을 것 같은 기분이 들어 얼른 가방을 쌌다.

학교로 가며 나와 낙타의 공통 지인인 골든벨 여사에게 문자를 보내니 혼자 공부를 하고 있었던지 마침 지금 도서관이라고 기뻐했다. 거기다가 학교에 도착해보니 골든벨 여사는 뿌듯한 표정으로 우리의 자리를 맡아났다.

낙타는 남의 학교라 긴장했었나 보다. 나와 골든벨 여사가 재회 기념 수다를 3분 정도 떨다가 들어왔는데 낙타는 그 사이 500년은 도서관에 눌어붙어 있는 사람의 태세로 맹렬히 공부하고 있어서 나와 골든벨 여사를 감동 시켰다.

낙타와 공부를 하는 것은 꽤 재미있었다. 가끔 내 연습장에 '저 사람은 여기에서 살아?' 이런 해학적인 질문을 썼다. 그 사람은 그 반경 3m를 점령하고 있는 힘껏 의자를 뒤로 빼고 맨발로 스포츠 신문을 보란 듯이 읽고 있었다.

거기다 무려 전공이 다른 나에게 자기 전공 책의 내용을 질문하기도 하는 귀여움을 보여줬다. 낙타에게는 항상 내가 '언니'인 것이다.

예쁜 우리 학교가 꽤 마음에 들었는지, 그리고 전부터 조금 별렀는지 낙타는 이번 겨울학기를 우리 학교에서 듣기로 거의 작정한 것 같았다.

낙타는 '겨울엔 내가 여기 다닐 거라구~ 잘 안내하라구~' 하며 구구거렸다. 그러더니 내 연습장에 슬그머니 '겨울에 같은 과목 들어서 battle 하자.'라고 쓰며 나의 경쟁심을 자극하는 것이다. 낙타가 웃기고 귀여워서 말은 안 했지만, 낙타가 들으려는 과목은 이미 나는 다 수강했다.

앞으로 살면서 또 그럴 기회가 없을 것 같아서 낙타와 같이 수업을 들어보고 싶긴 하다. 낙타와 대학교가 같았어도 재미있었을 것 같다는 생각이 들어서 초등학교 때 생각을 잠시 했던 밤이다. 그리고 오늘도 그다지 공부를 많이 하지는 않았다는 사실을 깨달았다.

시험 기간의 장점

나와 낙타의 시험 기간이 겹쳤다. 그리고 둘 다 시험 시간 중 시험 외의 수업은 거의 없었다. 그래서 시험 기간 중 집에 와보면 낙타가 있거나, 내가 집에 돌아오면 곧 낙타가 귀가했다.

특이사항으로는 집에 먼저 온 사람이 꼬옥 침대에 들어가 있다. 주로 낙타가 먼저 와 있어서 내가 가보면 침대에 벌써 껌딱지처럼 늘어져서 "여~ 왔어?" 이런다.

그런데 그 모습이 그렇게나 좋아 보일 수 없다. 그래서 나도 얼른 옷을 갈아입고 씻고 내 자리로 가서 눕는다. 이때쯤 낙타는 이미 가사 상태 돌입해 있다. 그리고 10분쯤 지난 후 둘 다 이미 시체처럼 엄청나게 깊게 잠든다.

먼저 부스럭 깨는 것은 나다. 왜냐하면, 중간에 문자가 와도 낙타는 웬만해서는 깨지 않기 때문이다. 나는 살짝 눈을 떠본 다음에 낙타가 자고 있으면 안심하고 흐뭇하게 다시 잔다. 나는 깰 때마다 다시 슬쩍 눈을 떠서 낙타가 자는지 확인한 후, 낙타가 아직 자고 있으면 만족하며 다시 잔다.

낙타도 학교에서 돌아와서 내가 침대에 쏙 들어가서 노닥거리고 있으면 "오~! 팔자 좋은걸!" (낙타의 언어 수준은 언제부턴가 20대라고 보기 어려워졌다.)하며 씻은 후 자기 자리에 와서 눕는다.

난 이제 낙타까지 왔겠다, 두려울 것이 없는 기분으로 편안히 잘 수 있으니 맘 푹 놓고 책을 덮는다. 그리고 10분 정도가 지나면 둘 다 이미 곤히 자고 있게 되는 것이다.

낙타는 자다 깨면 나를 확인하는 것이 아니라 똑똑하게도 시간을 확인한다. 내가 인정하는 낙타의 대단한 점이다. 낙타는 그것이 낮잠이란 사실을 망각하지 않는다. 내가 일어나 보면 낙타는 태연히 티브이 시청 중이다. 그리고서 이때 둘이 똑같이 내뱉는 한마디가 배고파.

난 배고픔에 잠에서 깨고 낙타는 시계를 보고 잠에서 깬다. 이렇게 낮에 엄청나게 잔 후 밤이 되었다고 사람이 바뀌어 정신 차리고 공부를 열심히 하지는 않는다. 거기다 난 낙타만 있으면 놀고 싶어서 언제나 근질근질하다.

내가 무언가를 겨우 하기 시작하는 타이밍은, 나보다 조금 부지런한 낙타가 내일을 위해서 잠자리에 드는 새벽 3시쯤이다.

놀 상대가 없어지니까 나는 어쩔 수 없이 공부를 시작한다. 만약 낙타가 자지 않고 공부하기 시작하면 나도 따라서 공부를 한다.

하지만 우리의 공부는 시작한 지 얼마 안 되어 반드시 둘 중 누군가가 "뭔가 간식 먹고 싶지 않아?"란 발언을 하게 됨으로써 파국에 이르게 된다. 하지만 이 과정 또한 나름대로 매우 평화로워서 좋다.

학교에 덜 가도 되니 시험 기간인 것도 괜찮다는 생각이 들었다.

피아노 학원 이야기

나와 낙타는 방학을 맞이해서 십여 년간 손을 놓고 있던 피아노를 다시 치기로 했다. 마침 가까운 곳에 피아노 학원이 있었고, 낙타 또한 요즘 예술 활동에 목말라 하던 차여서 좋은 결정이었다.

우선 레슨을 시작한 것은 낙타다. 피아노 학원은 피아노가 열 대 남짓 있는 비교적 조그마한 곳이다. 학원 이름은 정직하게도 'PLAYING' 두둥.

우리의 지정 시간은 한시. 피아노 학원이 문 여는 시간. 왜냐하면 그때 아이들이 가장 적기 때문이다.

낙타가 들어가면 피아노 학원 선생님은 낙타를 반갑게 맞아준다. "어머 낙타씨 왔어요~!"

낙타는 PLAYING 피아노 학원 가방도 있다. 선생님께서 발랄하게 펜 뚜껑을 열면서 "낙타씨!! 가방에 이름 뭐라고 써줄까요~?" 했는데 낙타는 그 특유의 표정으로 아무 말 하지 않았다. 나름 성인인데 가방에 이름을 쓸 수는 없던 것이다. 선생님께서는 "그럼 이름표에 아무것도 안 쓰여 있는 게 낙타씨 거예요."하고 상냥하게 말하셨다고 한다. 그래서 낙타는 학원에 가서 이름표에 아무것도 안 쓰여있는 가방을 찾는다.

낙타는 첫날부터 대 스타였다. 애들이 다 모여서 구경을 했단다. 나이가 제일 많은 쪽이 초등학교 4~5학년 정도이고 대부분 유치원이나 저학년 아이들이라고 한다.

아이들은 낙타에게 노골적으로 경쟁심을 표현했다.

"왜 바이엘부터 안쳐요? (새로 온 사람에게 갑자기 추월당해서 매우 억울해하는 표정)"

"왜 높은음자리표 그리는 거 안 해요?"

그리고 가장 많이 물어보는 질문은

"근데 몇 살이에요..?"

낙타가 대학교 2학년이야 하면 흐음.

낙타가 열심히 피아노를 치고 있으면 어느샌가 빼꼼 문 열고 들어와서 낙타가 피아노 치는 것을 뚫어지라 계속 쳐다보고 있다고 한다. 아니면 낙타가 선생님에게 레슨 받고 있는 도중 "선생님! 이거 다 그렸어요~" 하고 검사 맡으러 와서는 안 나가고 계속 낙타(낙타와 낙타의 피아노와 선생님을)를 둘러싸고 있는 모양이다.

낙타가 반주곡집 연습할 때 마법의 성을 잠시 친 적이 있었는데 그때는 심지어 낭랑하게 따라 부르기까지 했단다. 소심한 낙타는 슬그머니 그 책을 접고 다른 곡을 침으로써 반항을 한다.

애들은 낙타에게 말 걸기를 좋아한다. 맨날 낙타 연습실로 찾아오는 애가 하나 있는데 연습실을 바꿔봐도 꼭 찾아온다고 한다. 낙타가 지금 연습 중이건 말건 옆에서 자기 하고 싶은 말 다 하는 게 특징이란다.

오늘은 낙타 뒤에서 계속 "와아~잘 친다~ 와아~ 어렵겠다~" 영혼 없는 추임새를 넣더니 도전적으로 "언제부터 배웠어요?" 물어봐서 낙타가 "어렸을 때 조금 쳤어." 대답하니 "어디서 배웠어요? 이 학원에서요?" 하고 상당히 미심스럽다는 듯이 물어봤다고 한다.

낙타는 좀 오래 연습을 하고 싶은데 피아노는 열 대가 넘는데도 언제나 자기 피아노 소리 외에는 피아노 소리가 거의 안 들린단다. 혼자 풍땅거리기 민망해져서 슬그머니 책을 덮게 된다는 다는 것이다.

내가 신기해서 다른 애들은 다 뭐 하냐고 물어보니 애들 뛰어다니는 소리랑 애들이 선생님 부르는 소리만 들린단다.

선생님은 애들이 낙타 연습실에 들어와 있는 것을 봐도 전혀 어떤 주의도 주지 않는다. 속으로 은근 애들을 좀 맡아주는 낙타에게 고마워하고 있을지도 모른다는 생각을 했다. 하여간 동네 피아노 학원 PLAYING은 재미있는 곳인 듯하다. 낙타의 해학적인 설명을 듣다 보니 나도 얼른 학원에 가고 싶어졌다.

나도 초등학교 때 피아노와 바이올린을 배우다가 내가 머리가 좀 커서 학원 갈 시간이 없다고 핑계를 대자 엄마가 큰 맘먹고 개인 레슨을 시켜주셨다. 피아노 선생님은 나에게 손가락 힘이 부족하다고 손등을 때리시며 나에게 "넌 걸레를 짜야 해 걸레를!" 하고 걸레 짜면 손힘이 생긴다고 강조하셨다.

그때는 귀찮고 혼나기만 하는 기분이 들어서 무언가를 연주할 수 있는 것의 즐거움을 몰랐다. 지금은 일상에서 음악을 연주 할 수 있다는 것이 얼마나 좋은지 모르겠다.

엄마의 뜻을 이제는 알 것 같다. 엄마는 우리의 영원한 서포터이시다.

제5장.자매의 일상

낙타와의 첫날

서울에서 혼자 지내다가 낙타가 드디어 대학생이 되어서 같이 살게 되었을 때에는 너무 좋았다. 세상 든든했다. 앞으로는 자기 전에도 낙타가 있고 아침에 눈을 뜨면 낙타가 있다.

낙타의 고3 시절 1년간 나는 어학 연수를 갔기 때문에, 우리는 1년 만에 다시 만나자마자 함께 살게 되었다. 낙타는 1년간 도대체 무슨 일이 있었는지는 몰라도 더욱 능청스럽고 뻔뻔하고 웃기게, 요하자면 훌륭히 숙성되어 있었다. 낙타와 1년간이나 못 봐서 애틋했던 시기가 있었기 때문인지 낙타와 함께 하는 모든 일이 재미있었다. 우리는 그 1년간 의외로 손편지를 자주 주고 받았다.

낙타가 신입생 OT를 가서 없는 동안 나는 혼자 이삿짐을 정리하느라 힘들고 약간 쓸쓸해져 있었기 때문에, 2박 3일 만에 돌아온 낙타가 너무 반가웠다. 낙타에게 귀찮은 일도 안 시키고 물도 떠다 주고 다정한 모드가 형성되었다.

낙타는 이틀간 밤을 새웠다면서 오자마자 기절하듯 자더니 중간에 벌떡 일어나서 배가 고프다고 했다. 나는 낙타가 좋아하는 김치볶음밥에 소고기까지 넣어서 뚝딱 끼니를 만들어줬는데 문제는 여기부터 시작되었다.

김치볶음밥을 그릇에 옮겨 담던 중 엄마가 식사 전마다 꼭 챙겨 먹으라던 눈 영양제가 눈에 띄었다. 기절에서 부활하여 새로 사귄 친구들과 연락하느라 정신없는 낙타에게 식사를 배달까지 해주며 "잊지 말고 이거 먹어" 하며 김치볶음밥 가운데에 캡슐 영양제를 올려놓고 주방으로 다른 일을 하러 갔다.

조금 있다가 뒤쪽에서 "얼~맛난걸~" 하는 소리가 들려서 "약 먼저 먹었어?" 하고 물어보는 동시에, 낙타는 우우욱 하며 방 안에서 뛰쳐나왔다. 낙타는 화장실에 가서 구역질하기 시작했다. 김치볶음밥 위에 놓여있던 캡슐 약을 밥과 함께 씹어 먹은 낙타……. 입안에서 볶음밥 맛을 먼저 느낀 후 뒤늦게 터진 알약의 맛에 압도당한 낙타는 약의 존재를 그제야 안 것이다.

정말 일생 잊지 못할 광경이었다. 그 작은 캡슐에서 그렇게 많은 검은 것이 나오다니 정말 감탄했다. 이빨도 검정, 나오는 내용물도 검정, 입술도 검정, 침도 검정, 검정의 자서전. 미안해서 등 두들겨 주면서 적나라하게 다 봤다. 그 후 변기와 화장실 청소도 당연히 내가 해야 했다.

그리고 일은 일단락되는 듯싶었다.

화장실 청소를 다 하고 나니 혼자 밥을 일찍 먹은 탓에 조금 배가 고파졌는데 냉장고에 배가 있는 게 생각이 났다. 과일 깎기 전문 낙타에게 부탁하니 낙타는 숙명으로 받아들이고 얌전히 배를 깎기 시작했다.

그런데 낙타가 갑자기 억!! 하며 손가락을 감싸 쥐며 하늘을 보더니, "언니, 나 피나?" 하는 것이다. 또 나를 놀리려 엄살을 떠나 싶어서 "하나도 안 나…" 하며 낙타 쪽으로 고개를 돌리는 순간 낙타의 손가락에서 빨간 물이 콸콸 샘

솟는 것을 보았다. 이사 직후라 하필 새 날카로운 과도로 배를 깎던 중이었다.

나는 애써 침착하게 낙타에게 "다른데 쳐다보고 있어 봐."하며 솜을 뭉탱이로 꺼내서 낙타의 손가락을 힘주어 감쌌다. 피는 잘 멈추지 않았다.

낙타는 착실하게 손가락 말고 다른 곳을 쳐다보며 그 와중에도 말이 많았다. "많이 나지? 엄청 뜨거운 느낌인데 막 흐르는 거지?" 나도 사실 당황했는데, 계속 시끄러워서 집중이 안 됐다. 지혈제를 반 통 뿌리니 겨우 피가 멈췄다. 이사하며 새로 산 구급상자가 이리도 빨리 유용해질 줄이야.

자칭 어린양 낙타에게 많은 내상과 외상을 입힌 하루였고, 나 또한 못 볼 것을 참으로 많이 본 하루였다. 단시간에 까만 것, 빨간 것을 다양한 제형으로 모두 보았다.

이것이 나와 낙타가 본격적으로 같이 산 첫날의 일이다.

낙타는 요즘도 가끔 '언니 주려고 배 깎다가 부상당한 날'이라고 그날을 칭한다.

#뭔가를 시작하는 '첫날'은 항상 두근두근한 것 같아요. 기다려지는 첫날이 더 많이 남아있지 않을까 기대됩니다.

기상하기

너무너무 어려운 '아침에 일어나기'를 매일 하고 있는 내가 너무 대단하다. 나는 저혈압에 아침잠이 많아서(아빠 닮아서 그렇다고 우기는 항목 중 하나다.) 아침에 일어나기 힘들 때가 많다.

그래서 나는 기본적으로 아주 착하지만, 아주 아주 가끔은 깨운 사람에게 화풀이할 때도 있다. 이런 '아침에 약간 난폭한 나'를 가장 잘 깨우는 사람은 낙타다.

외출하고 돌아온 낙타는 내가 본인이 나갈 때 자세 그대로 침대에 누워있는 것을 발견했다. 심심하기도 하고 절대로 자기 손으로 밥을 안 차려 드시는 낙타는 날 깨우기로 했나 보다. 침대로 와서 계속 말을 시킨다.

언니, 언니, 뭐 어쩌고 저쩌고. 낙타는 보통 나를 '헤이, 이봐, 여봐' 등 매우 아저씨 같은 호칭으로 부르기 때문에 '언니'라고 하는 것은 매우 조심스럽고 상냥한 어프로치다.

갑작스럽게 잠에 방해를 받은 나는 일어나는데 저항감이 들었다. 깨운다고 화는 못 내고 대신 낙타도 같이 잠의 세계로 끌어들이기로 했다. 눈도 안 뜨고 제스처로 말한다. 여기 내 옆에 누워봐. 그리고 이불을 덮어주면 낙타는 "안 자~ 일어나야 해~" 하며 덧없는 저항을 하다가 조금 있으면 조용해지고 숨소리가 고르게 된다. 그리고는 대부분 조용히 사이좋게 같이 잔다.

그렇지만 오늘은 낙타도 강했다. 배가 고팠기 때문일 거다. 나에게 안 넘어오고 끊임없이 의사소통을 시도했다. "응응…응응응응" 이렇게 '응'으로만 말해도 내 억양과 분위기로 "몇 시냐고? 물 달라고? 엄마한테 전화 왔냐고?" 하며 다 알아맞힌다. 역시 나를 아는 적은 무섭다.

낙타의 헌신적인 노력에 힘입어 나는 간신히 일어나서 낙타의 의도대로 낙타에게 밥을 차려 드렸다. 하지만 평소보다 일찍 일어난 낙타는 내가 차려준 밥을 먹고 행복한 얼굴로 자러 갔다. 자매 타임 하자더니…….

한집에서 지내더라도 미묘히 어긋난 시간대로도 살 수 있는 것이다.

자매 타임: 그날의 일어났던 흥미로운 일들을 나누며 웃고 씨니컬한 감상을 교환하는 시간

#아침에 잘 일어날 수 있는 비결이 있을까요? 저는 다양한 방법을 시도해보았으며, 따라서 다양한 실패를 해보았습니다…….

낙타존의 낙타

뭐라 달리 표현할 말이 없지만 '우아한' 우리 자매 사이에서 의외로 '주접'이 란 것은 큰 공통 포인트다. 서로 밖에서 우아하다 보니까 집에서는 마음껏 주 접을 떨며 서로의 주접을 인정해주는 것이 자매가 우정을 다지는 포인트이다.

우리 집에는 낙타존 (낙타 zone)이라는 장소가 있다. 티브이 앞인 그곳은 버 뮤다 삼각지대처럼 많은 물건이 사라지기도 하고 발견되기도 한다. 갖가지 물 건들이 카오스처럼 얽혀있다. 하지만 그 한가운데는 언제나 낙타가 있다.

낙타는 집에 오면 잘 때 빼고는 항상 거실의 낙타존에 있는데 (연애 중인 낙 타에게는 전화 옵션이란 게 하나 추가되었는데 양심적으로 그건 본인 방에서 해줘서 매우 고맙) 그 오랜 시간을 항상 다양한 자세를 취한 채 티브이를 보고 있다. 익숙해질 때도 되었는데 가끔 문 열고 나갈 때 마다 왜 저런 불편한 자 세로 몸이 꼬여있지 하고 흠칫흠칫 놀란다. 그냥 평범한 자세로 있으면 안 되 나?

나에게는 애초부터 불가능한 자세를 아무렇지도 않게 취하고 얼굴에는 엄숙해 보이는 안경을 쓴 채 똑같은 표정으로 손끝만 리모컨을 움직이며 티브이를 보는 낙타. 한 번에 두세 개의 프로그램을 돌려가면서 볼 때도 많다. 낙타여 너는 무엇을 추구하는가. 재미인가. 효율인가. 물론 둘 다겠지.

좀 전에도 이상하게 널브러져서 훈남 가수 리포터가 나오는 뭔가를 보고 있었다. 저렇게 티브이 앞에 앉은 낙타는 집중력이 드물게 높아서 내가 놀아달라고 시비를 걸어도 무시하기 일쑤다. 뭐 보냐고 티브이 내용을 물어보면 '입 다물고 그냥 조용히 보라.'고 혼난다. 난 자연스레 낙타와의 우정도를 높여보고 관심을 끌기 위해서 그 가수 신곡에 맞춰 리듬을 타며 그녀에게 접근했다.

약간 재수 없게 깐죽거리며 춤추는 것이 관심을 얻을 수 있는 포인트. 난 나의 유쾌한 접근 방법에 만족했고 아니나 다를까 낙타는 나에게 금방 관심을 보여줬다. 낙타는 "언니 레퍼토리는 맨날 똑같아. 그리고 똑같은데 안 늘어, 고만고만해." 하며 혹독한 비평을 하다가 어느 포인트에 낚였는지 갑자기 자기 다리 굵기에 대해 한탄을 했다.

너 정도면 보통이라고 다리에 대한 희망을 부여해줄까 하다가, 나도 유치하게 "다리는 신의 영역이라던데 그냥 생긴 대로 살아." 하고 위로 안 되는 위로를 하고 낄낄거리며 방으로 도망쳐왔다. 그렇다고 지금 내가 주접을 떨었다는 것은 결코 아니다. 이런 일상의 평화는 항상 소중하고 낙타존은 낙타존인 이상 항상 혼란스럽겠지.

#집 안에 좋아하는 장소가 있나요? 저의 최애 장소는 아무래도 역시 침대인 듯 합니다…

비둘기와의 추억

우리 자매는 각자 비둘기와 그다지 좋은 추억을 가지고 있지 못하다. 난 애초에 조류가 좀 무섭다. 특히 비둘기.

언제 어디로 휙 하고 돌아갈지 알 수 없는 눈이라던가, 확장이 너무 자유로운 동공, 보면 볼수록 뭔지 더더욱 알 수 없어지는 부리, 목과 몸통이 이어지는 부분에 난 털의 미묘한 똥파리 색 광택, 그리고 발이 나랑 너무 다르게 생겼는데 그 발에 붙어있는 공격력 높아 보이는 발톱은 더 무서워.

그냥 단순히 포유류인 나랑 너무 닮지 않아서 싫은 것인가 하고 생각해보다가 그럼 돌고래는 내가 왜 좋아하지 싶기도 하다.

어릴 때 친구 집에 놀러 가서 생애 처음으로 닭발이란 음식을 접했다. 친구는 나에게 그 음식을 제대로 소개하지 않았다. 발톱도 있겠다, 분명 저건 뭔가의 발인데 하고 생각하던 찰라 친구가 갑자기 깜빡이도 안 켜고 빨간 양념을 뒤집어쓰고 지나치게 흐물거리는 그 커다란 발을 집어 들어서 눈앞에서 쪽쪽 빨아서 은근 트라우마가 되었다. 그래서 그 후 다시 닭발 먹기를 시도해보기까지 시간이 꽤 걸렸었지…….

쓰려고 했던 것은 이게 아니다. 우리 자매와 비둘기와의 인연이다.

먼저 비둘기와 악연이 시작된 것은 낙타였다.

대학생이 된 낙타는 가장 좋아하는 본인 언니와 처음으로 단 둘이 일본으로 여행을 가는 행운을 얻었다. 가서 내 친구들을 만나서 "와따시와 타누키데스! (저는 너구리입니다)" 같은 간단한 자기소개를 외워서 꽤 신나게 하고 다녔다. 그렇지만 그때도 낙타의 별명은 낙타였다. 나는 나대로 내가 잠시나마 살던 곳과 친구들을, 내 1호 부하 낙타에게 소개해주는 것이 신났다. 참 즐거운 여행이었다.

우리는 아사쿠사에 갔다. 일단 왔으니 사진을 찍기로 했다. 낙타는 특유의 목 긴 어설픈 포즈로 자세를 잡고 나는 낙타가 더 낙타스러워지도록 각도를 지시했다.

그 찰나 저 멀리서 정말 거대한 비둘기가 날아와서 낙타의 어깨를 목표로 착지를 갈망하는 푸더더더덕을 하며 날개로 낙타 머리와 얼굴을 엄청나게 쳤다. 낙타는 놀라서 도망도 못 간 채 손만 바둥거리며 우어우어워엉하며 울부짖었고 나는 정말 슬로우 모션으로 그 모든 광경을 보았다. 너무 갑작스러워서 얼어붙어 아무 말도 할 수 없었다.

와우… 비둘기의 단순 공격만으로 이렇게나 그 순간이 느려진다면 죽기 전에 주마등이라는 것도 진짜 있겠는데 싶었다. 비둘기는 머쓱하게 떠났고 낙타는 더럽고 짜증난다며 엉엉 울었다. 나는 사실 좀 웃겼는데 웃으면 안 될 것 같아서 최대한 심각한 얼굴을 하고 위로해줘다. 그날 저녁 고기를 먹고 나서야 낙타의 기분은 풀렸다. 누군가를 위로할 수 있는 확실한 방법을 아는 것은 이럴 때 참 좋다.

다음 날 우리는 신나는 기분을 회복해서 디즈니랜드에 갔다. 둘 다 무서운 걸 못 타서 아이들이 타는 걸 타면서도 재미있었다. 점심은 미키마우스 모양 돈가스를 먹기로 미리부터 정해두었다. 음식 주문 대기가 길어서 기다리다가 귀여운 돈가스가 나와서 야외 테이블에 신나게 자리를 잡고 앉는 순간, 갑자기 낙타의 돈가스에 못 보던 토핑이 생겼다. 비둘기 똥 토핑. 격렬히 분노하고 비둘기를 저주하며 배고파서 한층 난폭한 상태로 새 음식을 시키러 가던 낙타의 뒷모습.

그 뒤부터 낙타는 본격적으로 비둘기를 싫어하게 됐다. 낙타는 어떤 장소가 좋고 싫음의 여부에 비둘기의 유무가 큰 영향을 미치는 사람이 되었다. "거기 별로야." 해서 왜냐고 물어보면 "비둘기 많아."라고 답할 때가 꽤 있다.

나도 비둘기를 싫어하는데 저 위에 쓴 신체가 낯설어서 무서운 것과 더러운 것, 그리고 걸어가려고 추진력 운동하는 것이 품위 없는 것 정도가 이유였다. 하지만 얼마 전부터 본격 비둘기와 안 좋은 사이가 되었다.

얼마 전 여름, 포르투갈로 여행을 떠났다. 땅끝 마을에 갈 적절한 동행을 숙소에서 발견해서 신나게 기차역으로 들어가는 순간 머리에 매우 묵직하고 끈끈하고 따뜻한 것이 떨어졌다.

당황한 티를 안 내려고 (숙소에서 불과 1시간 전에 처음 만난) 옆의 언니에게 머리를 부담스럽지 않게 보여주려고 노력하며 침착하게 물어봤다.

"언니, 이거 지금 똥 같은데 맞죠?"

고상하게 묻는 나를 언니는 살짝 딱해하며 똥이 맞다고 똥 판정을 해줬다.

난 태연한 척 했지만 속으론 기분이 많이 상했다. 하필이면 똥도 매우 많이 싼 것 같았다.

근처에 가게도 없어서 커피숍에서 커피를 사고 물티슈를 받아 머리를 닦았는데 닦아도 닦아도 계속 똥이 많이 묻어 나왔다. 그렇게나 우아하던 내 표정이 썩어가니까 다른 애가 (역시나 1시간 전에 처음 만남.) 그냥 머리를 감는 게 나을 것 같다고 나에게 조심스레 조언해줬다.

아무 연고도 없는 포르투갈 공중화장실 세면대에서 머리를 감는 대 민폐를 끼치고, 남들은 손을 말리는 핸드드라이어에 두피를 말리는 현장을 현지인에게 목격당했을 때는 너무 부끄러웠다. 오 저 동양 아이는 왜 여기서 저럴까 하는 표정을 생생하게 짓는 것도 외면하는 척하며 다 봤다. 그날 결국 비둘기 똥을 닦다가 늦어서 땅끝 마을에 못 갔다. 포르투갈로 여행 다녀온 이야기를 할 때 거기까지 가서 왜 땅끝 마을에 안 갔냐는 질문에 머리에 비둘기 똥 맞아서라고 대답하면 다들 농담하지 말라고 하지만 그것은 진실.

그리고 턱과 그리스에 가서도 한 번 더 비둘기 똥을 맞았다. 하지만 그때는 다행히도 모자를 쓰고 있었다. 약간 놀란 턱과 다른 친구 앞에서 태연하게 웃으며 괜찮다고 했지만, 기분이 상해서 바로 모자를 벗어서 버렸다.

사촌 이지도 학교 가다가 비둘기 똥을 맞고 너무 짜증 나서 울었던 적이 있다고 고백했던 적이 있다. 저 '짜증 나서'라는 말에는 '기분 나쁘다', '싫다', '더럽다', '억울하다', '화가 난다', '당황스럽다' 등 많은 의미가 함축되어 있으며, 비둘기 똥은 단 1초 만에 갑자기 우리의 세계에 등장해서 우리에게 이 많은 감정을 불시에 불러일으키는 대단히 무서운 것이다. 비둘기 똥이라는 것이 은근 맞기 쉬운 거고 사람이란 참 다양한 이유로 우는구나.

오늘 아침 낙타가 지하철 역에서 사람과 섞여서 줄을 서서 지하철을 기다리는 비둘기 사진을 찍어 보내며 비둘기가 정신이 나갔다고 폭언한 것에 웃음이 빵 터졌기 때문에 우리 자매와 비둘기와의 인연을 곱씹어보았다.

슬로우 모션 비둘기의 푸더더덕과 낙타의 우어우어워엉은 지금 생각해도 대단했던 것 같다.

#비둘기 똥을 맞아본 경험이 있나요? 전 저에게는 그런일이 절대 일어나지 않을 거라고 생각했지만 순식간에 '2똥 당한' 사람이 되었습니다. 비둘기 똥을 맞으면 굉장히 다양한 감정 변화를 느낄 수 있고⋯ 한 번 정도 겪어볼만 한 것 같아요. 경험은 중요하니까⋯⋯.

낙타존의 낙타 1

낙타라는 생물은 집에서는 유일하게 낙타존에서만 목격이 된다. 낙타존 형성 조건은 'TV 근처'라는 위치적 요건만 충족되면 되기 때문에 낙타존은 주로 거실에 형성된다. 낙타존이 한 번 형성되면 TV 위치가 바뀌지 않는 한, 그곳은 영구적으로 낙타존이다.

낙타와의 랑데부 장소인 거실에 나가니 낙타존에서 늘어져 있던 낙타가 얼굴을 힘겹게 들고 드물게도 먼저 말을 걸었다. 낙타는 "화장의 완성은 역시 얼굴인 것 같아"라며 TV를 가리켰다. TV에는 '뽀송뽀송 복숭아 메이크업'이라고 하며 본인 얼굴에 신나게 화장 중인 홈쇼핑 VJ가 나오고 있었다. 낙타는 지속적으로 안 어울리고 칙칙하다고 비판했다. 혹독한 분 같으니라고…….

세탁기를 돌리고 다시 낙타존에 갔더니 어느새인가 채널을 바꿔 영화 인셉션을 보고 있었다. 낙타는 날 보더니 다시 고개를 들고 애잔한 얼굴로 "다시 봐도 여전히 모르겠어. 이상해. 아하하 이건 이야기가 어떻게 진행되고 있는 거지?" 하며 내가 들어야 하는 혼잣말을 웃으며 했다 아하하. 뭐라 대답해주기 어려워서 슬그머니 방으로 들어왔다.

조금 후 다시 나갔더니 낙타가 훨씬 적극적 자세로 앉아서 손짓하며 "헤이 이봐, 유(you)도 같이 봐. 재밌어" 하길래 "낙타 너 인셉션 이해 못하는 거 아닌가……?" 했더니 "??? 이거 서프라이즌데?" 하며 해맑게 대답했다. 마치 인셉션이라는 영화 따위는 머리에서 지워버린 표정의 낙타.

이 생물을 보면 삶이 백 배정도 평화로워지는 기분.

#결론은 서프라이즈!?

여행을 떠난 낙타

일정이 맞아 사이좋게 라오스로 패키지여행을 떠난 엄마와 낙타.
낙타가 여행 상황을 중계하는데 골계미 빼어난 기행문을 읽는 느낌이다.
낙타는 다음 이유로 '재미도 있긴 한데 서울이 (많이) 그립군' 상태.

-일정이 너무 일러서 도착한 날부터 항상 졸린 상태 (평소 늦게 일어나는 본인 탓)

-기간 산업 자체가 매우 구려서 딴에는 해 놓는다고 해 놓은 게 매우 구림 (매우 구림 2중첩)

-호텔 어매니티가 구려서 바디워시로 모르고 머리 감음 (명백한 본인 과실)

-여행 프로그램이 오지 체험 같으며 거지꼴로 돌아다니는 게 전부이다 (거지꼴 = 본인 과실)

낙타는 '내일은 몬도가네 시장 가니까 혐짤 많이 찍어서 보내줄게.'라며 진실된 끝인사도 잊지 않았다. 반면 자연을 좋아하시는 엄마 표정은 밝아서 엄마의 탁발수행 사진을 보고는 엄마가 배식하는 게 아니라 배식받아서 드시는 광경인가 했다.

낙타와 엄마 패키지여행 힘내세요. 낙타는 언니가 보고플 듯하다.

#여행 가서 재미있었던 기억 하나를 떠올리고 자면, 그때 꿈을 꿀 수 있을까요? 오늘 실험해보려고 해요.

낙타존의 낙타 2

거실에 나가니 비스듬히 쿠션에 기대서 응답하라 1988을 보던 낙타가 택이 등장할 때를 어떻게 알고 나왔냐며 내 감을 칭찬해줬다. 나는 거기 나오는 남자 인물 중 택이만 좋아한다. 그래서 가끔 택이가 나올 때 옆에서 같이 TV를 본다.

밤 두 시 반이니 자야 되나 싶어서 여전히 늘어져 있는 낙타의 손 쪽으로 내 발을 내밀며 "하이파이브!" 했더니 손으로 하기는 싫었는지 그 이상하게 꼬인 자세에서 발을 힘겹게 들며 하이파이브를 해줬다.

굿나잇 하이파이브 성공! 평화로운 낙타존 일상

자기 전의 습관이 있나요? 저는 하이파이브 자주 했습니다.

빼빼로 데이

낙타에게 창의적으로 만들지 말라고 충고 당함

이거 망쳤으니 언니 먹을래? 도 당함

-빼빼로 데이, 남자친구 준다고 빼빼로를 만드는 낙타를 거들다가 봉변당한 기분이 들 때-

망쳤다고 주는 부분이 치사합니다.

배드민턴 낙타 1

낙타는 배드민턴 칠 때 진짜 깐죽거린다.

어제도 자기가 못 쳐놓고는 괜히 나한테 "이봐 페어플레이 정신이란 없는 건가?" 하길래 약 올라서 없다고 했더니 "아하 그렇게 생겼어!!" 아오.

그 직후 좀 세게 공을 보냈더니 이번에는 웃으며 "이봐 화난 건가? 껄껄. 화 내지 말라구!" 한다.

배드민턴을 하면 할수록 딱밤 때리고 싶은 기분은 깊어져 가고.

동생이란 가끔 이상한 방식으로 시비를 걸 때가 있지 않으요?

배드민턴 낙타 2

보통 마이볼을 외치기 마련인데 우리는 셔틀콕 줍기 귀찮아서 서로 유어 볼! 한다.

양보의 미덕 ^^

낙타 인터뷰

고등학교 때부터 기숙사 생활로 고향 집을 떠나 따로 산 나에게 낙타의 중고딩 시절은 베일에 싸여있다.

나름 시골 우등고 모범생 출신인 낙타는 고등학교 때 'EBS 담당'이었다. 실로 묘한 담당이 아닐 수 없다.

또 낙타는 굉장한 하늘색 친구였다. (모 가수의 팬클럽 이름이다). 낙타를 따라서 그 그룹 콘서트에 나도 몇 번이나 참가했었다. 하늘색 EBS 낙타는 매일 야간 자율 학습 때마다 방송실에 상주했다. 방송실에 가서 교실의 아이들한테 EBS 방송을 틀어준 다음에 본인은 문을 잠그고 차분히 그 가수가 나오는 음악 방송 프로그램을 봤다. 낙타는 "덕분에 전부 본방 사수했지." 하고 밝은 얼굴로 껄껄거리더니, 본인이 하늘색 친구라 득 본 게 많다며 공부도 열심히 했다고 주장한다.

우리 집은 몇 점 맞으면 뭐 해줄게 하는 시스템이 아니라 이상하다 싶었는데 '나 일등 했으니 콘서트 가도 아무 말하지 마.' 하고 먼저 거래를 시도 했다고 한다. 아니, 나는 왜 저 생각을 못 했을까? 낙타가 원래 나보다 협상에 능했지……. 그리고 학교에서 일진 비슷한 애도 하늘색 친구라 낙타를 은근히 보호해줬다고 한다. "하하 은근 참된 우정이었지." 하고 먼 곳을 보는 아득한 눈의 낙타.

낙타네 고등학교에는 스스로를 박사님이라고 부르라는 특이한 선생님이 있었다. 그 박사님은 수능 직전인 낙타를 '영어단어 외우기 대회'에 내보내고 싶어 했다. 수능 영단어와는 성격이 다른 '진폐증' 같은 단어를 많이 외워야 하는 다소 시간 소모적인 성격의 대회였다. 낙타는 야간 자율학습 때마다 낙타를 찾아서 대회 준비를 시키려는 박사님을 피해서 다른 교실로 숨어다니며 공부를 했다. 비어있는 자리에 가서 "나 여기서 잠깐 공부 좀 할게." 하다가 시간이 되면 다른 곳으로 메뚜기처럼 옮겨 다녔다고 한다.

뭔가 작은 권력을 누리지만, 때로는 대중의 눈을 피해 은둔이 필요한 톱스타 같은 삶을 낙타는 벌써 경험한 것이다.

-오늘 저녁 과식 후, 나노 블럭을 맞추는 낙타와 잠시 대담을 한 인터뷰 노트-

아주 가까운 사람에 대해서조차 '나와 있을 때 외의 다른 모습'에 대해서는 의외로 정말 모르고 있다는 생각이 듭니다.

지적하는 낙타

이봐, 지금 말 이상하게 하고 있는 거 알고 있나? 개 세 마리를 세 개 마리라고 하고 있다고.

이런 여유 있고 느긋한듯하지만, 말투가 공손하지 못한 지적을 받으면 정신이 번쩍 납니다.

이거라도

말이 안 통해서 TV에 대한 애착을 상실한 낙타는 왜인지 핸드폰으로 어떤 대통령 후보의 공중부양 동영상을 보고 있다.
 -낙타와 해외 여행을 간 날의 풍경-

편견 없는 다양한 시도를 하는 사람을 존중합니다.

낙타가 거실에 있는 휴일

오늘은 휴일, 작정하고 늘어지려고 하긴 했지만서도.
가습기 켜고, 향초도 켜고, 방바닥 따끈하고, 거실서 TV 소리를 배경으로 깐 낙타의 웃음소리가 껄껄 들리고 커튼은 쳐있고 피자도 올 거고.
미뤄둔 시트콤 몰아서 보는데 침대 중력이 4G 정도라 못 일어나겠다.

뭐지 이 행복감.

#나의 행복한 시간을 정의해볼까요. 누군가의 행복의 정의가 그 사람을 잘 설명해주는 것 중 하나라고 저는 생각합니다.

다행의 이유

낙타는 저녁 약속이 있는 주제에 4시 반에 메밀국수 한판을 다 먹었다. 메밀국수를 다 먹은 낙타가 다행이라고 하길래 왜냐고 물어봤다.
"배가 별로 안 불러!" 하며 낙타는 진취적인 기상으로 저녁 약속을 떠났다.

#세계를 제패할 것 같은 용맹한 뒷모습. 저녁 약속 가는 자여.

낙타 말하길

"모두들 날 좋아하지."
-날파리들이 낙타에게만 가서 붙으니 낙타의 한마디-
#모든 것을 긍정적으로 해석할 수 있는 마음가짐은 아름답지 말입니다.

선제적 대응

낙타와 커피 사러 나왔는데 친한 고양이가 지나가길래 부비부비를 받고 싶었다. 한껏 상냥한 목소리로 "고양아, 안녕?" 하며 고양이에게 다가갔더니 낙타가 옆에서 "아 뭐야, 접신한 거 같아. 귀여운 척 하지 마."라며 은근 조롱했다. 접신이라니……. 나는 왠지 오기가 생겼다. 한껏 미소를 띠고 "귀여웠나? 방금 귀여워 보여서 약 오른 건가?" 했더니 낙타는 바로 언짢아져서 입을 다물었다.

이 "귀여웠나?"라는 질문은 주로 낙타가 나에게 하는 건데, 내가 먼저 해보니 생각보다 기분이 좋았다. 가끔은 선제적이고 자신감 있는 행동도 필요하네!

#"귀여운 척 하지 마."를 들었을 때 바로 "나 귀여웠어?"라고 확인해보기.

관리자 낙타

요즘 낙타가 자꾸 관리자처럼 군다. 아빠가 영화 보러 가고 싶어 하신다고 했더니

"내가 의결했으니 언니가 같이 봐 드려. 나는 바빠."

퇴근하자마자 잠시 졸다가 낙타존에 나갔더니
"얼굴에 아직 반짝이 있는데? 세수 반려."
얘는 뭐지.

#역할극을 즐겨 하는 사람은 흥이 많은 사람일까요?

시험 낙타

　시험 때는 숨만 쉬어도 웃기다더니 시험을 앞둔 낙타는 그렇게 꼬셔도 안 보던 영국 드라마를 정주행하고 있다. 그러더니 내가 두바이 출장 때 친히 사다 줬더니, 언짢아하며 방치하던 '낙타 모양 포스트잇'에 뭔가 알록달록한 것을 정리하고 있다.
　결론적으로 낙타가 뭘 하고 있건 간에 시험공부는 아닌 것이다.

#심지어는 일하는 게 시험공부보다 낫다는 생각을 한 적도 있습니다. 그렇지만 지금은 시험공부 할 때가 그리워요. (아주 가끔)

지식왕 낙타

나 : 내일은 센토사 갈까?

낙 : 그러던가. 근데 거기서 뭐해?

나 : 그래도 너무 무섭지 않은 거로 뭐라도 좀 타보자. (센토사에는 루지 등 탈 것이 있음)

낙 : 근데 거기 조용히 해야 하는 거 아냐?

나 : 응……?

낙 : 거기 절 아냐?

아, 센토사……. Sentosa……. 센토寺…….

-싱가포르 여행 와서 먹기만 하다가 기운 내서 사파리 가는 버스 안에서,
싱가포르 지식왕 낙타와의 대담-

#심지어 본인이 싱가포르 모든 것을 조사해왔다고 싱가포르 지식왕이라고 불러 달라고 했었는데……. 잘 안다고 말하는 사람에게 함부로 방심하면 안 된다는 교훈을 얻었습니다.

우렁이 낙타

낙타가 요즘 꼬박꼬박 우렁각시처럼 저녁 해놓고 '여봐, 언제 오나? 저녁 같이 먹겠나?'라고 연락한다. 낙타랑 저녁 먹으며 얘기하는 것 참 재미있는데, 내가 매일 야근이니 속상하고 혼자 먹게 만들어 미안하다. 금요일은 무조건 정시 퇴근해서 낙타랑 치킨 먹으며 좋아하는 TV 함께 봐줘야지.

유머~st 콤백~홈!

#한국인 특유의 인사라는 '밥 먹었어?'는 훌륭한 애정 표현이라고 생각합니다. '같이 밥 먹자.'는 더더욱!

매정한 낙타

낙타와 장시호 관련 뉴스를 보다가 내가 낙타에게

"야, 우리 나중에 사기 쳐도 같이 치고 계속 끈끈하게 붙어있자." 이랬더니

낙타가 '언니나 해.' 이래서 로맨틱한 제안이 무산되었다.

얘는 가끔 행간을 못 읽는단 말이지.

밴쿠버 낙타1

회사를 때려치우고 밴쿠버로 어학연수를 떠난 낙타가 어학원서 가장 많이 하는 말은 '반말은 괜찮지만 너라고는 하지 마.'라고 한다. 낙타는 낙타보다 훨씬 어린 다수의 한국인과 학원에 다니는 모양이다.

낙타의 밴쿠버 생활은 범상치 않다.

낙타네 어학원의 일본인 '사토키 시바'씨는 한국 애들에게 '퍽래빗'이라고 놀림 받다 왠지 산토끼 노래까지 외우고 일본으로 귀국한 모양이다. 낙타는 사토끼씨를 회상하며 "그분은 영어보다 한국말을 더 많이 배웠지 하하." 하고 은근히 뿌듯해했다.

낙타 반의 아주 잘생기고 낙타보다 많이 어린 브라질 남자애가 누군가에게 한국말을 강제 주입 당해서, 모든 한국 여자에게 미소를 날리며 "누나 사랑해."를 하고 다닌다고 한다. 낙타가 브라질 보이에게 그게 무슨 뜻인지 아냐고 물어보니 "I love you and you are older than me."라고 씨익 웃으며 답했다고 한다. 말의 뉘앙스 차이는 대단하다.

낙타네 어학원은 영어를 배우기 위한 곳이라기보다 해외의 생활 한국어 교습소 같은 느낌이 더 강하게 든다.

I love you and you are older than me······.

밴쿠버 낙타2

밴쿠버로 연수를 간 낙타와 카톡을 하다 깜짝깜짝 놀란다. 어떤 새로운 사람을 만났고 하루는 어땠고 하는 소소한 일과를 항상 말로 듣다가, 글로 보니까 새삼 신기하다. 가끔 나보다 더 어른스럽나 싶어 어색하기도 대견하기도 하다. 내 눈엔 마냥 동생동생한 낙타인데 많이 큰 것 같다. 내가 다 키우진 않았지만 한 30%는 키웠지 싶다. 같은 걸 보고 나랑 다르게 표현하고 느끼는 것도 신기하다.

낙타는 밴쿠버 가자마자 현대마트에 가서 초고추장을 샀다. 고추장이 아니라 초고추장인 것도 신기하다. 나라면 아마 신나서 당분간 현지식 탐방을 했겠지.

낙타가 세상을 따뜻한 눈으로 해석하고 대하는 것 같아서 이 우아한 언니는 기쁘단다.

#다른 사람의 눈으로 본 세상 이야기를 들을 때, 행복하고 재미있고 웃기고!

밴쿠버 체질 낙타

낙타가 밴쿠버로 연수를 다녀온 직후의 일이다.

가족 모임에서 한잔하시고 기분 좋은 작은아빠가 낙타한테 "낙타야! 너는 참 밴쿠버 체질인가보다! 살도 아주 많이 찌고!"하고 진심을 가득 담은 너무 솔직한 덕담을 하셨다. 반지의 제왕의 나즈굴 성대모사를 잘하는 사촌 이지는 특기인 나즈굴 소리를 크게 내지르며 작은아빠의 거침없이 나오는 덕담을 덮어보려 했으나 소용없었다.

큰고모부도 약주를 하셨다. 약주를 드시고는 나에게 뭔가 칭찬을 해주고 싶어지셨나 보다. 그윽한 표정으로 내 얼굴 한참 쳐다보시다가 "음……. 그래! 잘 생겼다!!" 하시던 것이 생각난다.

다들 거짓말 서투르시구나.

#때로는 거짓말도 필요할지도…….

부상 낙타

낙타가 갑자기 방에 들이닥쳐서는 "헐, 나 무슨 조각 밟았는데 발에서 피나." 하고 선언하듯 말하며 침대에 앉아서 발을 내 쪽으로 당당하게 들이댔다.

이틀 전 건조대에서 혼자 미끄러져 떨어지더니 엄청난 자태로 산산조각 났던 그릇이 생각났다. 그릇 조각을 치운다고 치웠는데 깨진 조각이 남아있었나 보다. 하지만 나는 정말 그릇을 건드리지도 않았다.

나는 약간 미안함을 느꼈지만, 굳이 저 사실을 말하지는 않았다. 낙타 본인조차 왜 다쳤는지에 대해서 이유를 탐구할 마음이 없어 보였고, 힐 받으면 얼른 가서 TV 봐야지라고 얼굴에 쓰여 있었다. 나는 서랍에서 소독 연고를 꺼내 면봉에 발라서 낙타 발바닥에 슥하고 발라줬다. 낙타에게 물건을 맡기면 뭐든 블랙홀로 들어가 버리기 때문에 구급약은 내가 따로 보관하고 있다.

이처럼 고급 시술이 끝났는데도 낙타는 내 방에서 나갈 생각을 안 하고 거만한 자세로 밴드를 붙여달라고 했다. 눈앞에서 발을 대롱대롱 흔들길래 얼른 밴드 붙여주고 보내려고 밴드 상자를 집어 들었는데 빈 곽이었다.

다른 서랍들을 열어보며 밴드를 찾는데 낙타는 그 자세 그대로 한쪽 발을 들고 이상하게 앉아서 "밴드 안 붙이면 연고 엄청 미끄러워서 넘어지는데, 언니 방바닥도 엉망 될 텐데." 하고 상당히 무서운 협박을 했다.

다행스럽게 방수 밴드를 발견해 발바닥에 붙여주니 "얼~ 고급진데~" 하고 낙타존으로 사라졌다.

가끔 얘기하다 보면 엄마 아빠는 옛날 옛적의 귀여운 낙타만 기억하시고, 둘째 딸이 이렇게 능글맞게 진화한건 잘 모르시는 것 같은데 나만 알면 억울하니까 꼭 아셨으면 좋겠다.

#깨진 그릇 조각을 꼼꼼히 치우는 것이 생각보다 어렵더라고요…

퀴즈왕 낙타

"장세포?"

-단세포의 반대말은? 이라는 TV 퀴즈에 대한 낙타의 혼잣말 대답-

농담이지? 하니까 답을 안 하는 부분이 더욱 수상했음

결혼할 낙타

낙타와 약속을 하고 밖에서 만나는 것은 그리 생소한 일은 아니다. 하지만 그 뒤에 '낙타네' 집에 가는 것은 한 번도 해보지 않은 이벤트다.

낙타와 만나서 낙타가 결혼해서 곧 살 낙타네 집에 견학을 갔다. 견학을 가기 전 같이 식사를 했는데, 낙타는 이상하게 고기를 1인분밖에 안 먹어서 무서웠다.

낙타네까지 가는 길에 대하여 낙타는 낙타 말투로 설명했다.

"이 근처는 신기하게 편의점이 많이 없어. 다 무슨 슈퍼나 마트야. 동양슈퍼(지난 세기에 고향 동네에 존재했던 슈퍼 이름을 왜 굳이 예로 드는지 모르겠다) 그런 느낌 알지?"

어리둥절해 있는 내 팔목을 낚아채서 특유의 낙타 스텝으로 앞장서서 걸어가는데 신기한 기분이었다. 그리고 낙타는 동양슈퍼의 정확한 위치가 기억 안 난다고 나에게 고백해서 어렸을 때 기억이 많이 나는 내가 설명해줬다.

그러며 그들은 우릴 잊었을 수도 있지만, 여전히 나와 낙타 사이에서는 종종 회자되는 초등학교 시절 동창들 이름이 나왔다. 고향에서 어쩌다 만나면 그 애들은 '네가 나를 기억할 줄 몰랐어'라고 말하는데 다 기억하고 있었지.

낙타에게 팔목을 잡혀가는 것은 괜찮은 기분이었지만 보폭을 맞추려고 낙타의 손을 잡았다. 여전히 낙타 손은 나보다 크지만 말랑말랑해서 연체 동물 같았다. 만약 낙타와 친하고 기회가 된다면 꼭 낙타 손을 잡아서 주물럭거려 보길 권유해보고 싶다. 관절이 여기저기 여행하고 있는 듯한 신기한 감각.

낙타의 집은 아직 정리 중이었지만 낙타스러운 포인트가 꽤 있었다. 리클라이너 옆에 굳이 있는 라탄 그네 의자라던가 하는 것이었다. 낙타와 제부가 "이 수납장 새로 샀구먼? 잘 샀네."하며 오후에 먹을 과자를 평가하듯 서로의 공로를 인정하며 피곤하지 않게 구는 점이 나는 꽤 좋았다.

낙타는 어디선가 봤는지 냉장고에서 소주를 꺼내며 어른스러운 말투로 "냉장고 청소하려고 사뒀어."하는 동시에 달걀 5개를 깨 먹었다. 나는 웃으며 그 사고 현장의 사진을 찍는다고 낙타에게 혼나고, 달걀 치우는 것을 도와줘야 했다. 냉장고 문 사이로 흘러내리는 그새 눌어붙은 노른자가 아주 멋졌다.

보니까 대충 낙타는 잘 살 것 같아서 언니는 우아하게 마음이 놓인다.

가족의 집을 '구경'하는 것은 처음이라 신기한 기분이었어요. 가끔 내 집은 어디일까 할 때 고향집이 떠오르기도 하고, 지금 집이 떠오르기도 하고. 내 집은 어디일까요.

결혼한 낙타

제부가 고등학교 졸업앨범에서 낙타를 찾는 메인 퀘스트를 하고 있는데 못 찾고 있다. 힘내 제부.

제부는 결국 누군가의 노골적인 힌트로 힘들게 낙타를 찾고 나서 괜히 에헤헤헤 웃었는데 낙타가 "웃지 마↘"하니 바로 조용해졌다.

책 읽는데 들이닥쳐 깨 볶고 난리람.

#애초에 졸업앨범 공개한 게 원죄⋯⋯.위험한 모험을 했군.

정리

인정하기 싫지만 내가 취약한 대표 분야 중 하나가 정리하기이다.

언제부터 이랬는지는 잘 모르겠지만 이미 초등학교 때 교과서와 공책들로 책상이 혼란스러웠다. 중학교 때 책상 옆에 교과서와 공책으로 산이 생기기 시작했다. 하지만 항상 나는 제때 정확히 내가 원하는 것을 잘 찾아 쓸 수 있었다.

고등학교 2학년 때 저쪽에서 애들이 얘기하는데 내 이름이 들리길래 또 내 칭찬하나 싶어서 무슨 일이냐고 물어봤다. 그 아이의 말에 따르면 이렇다.

집에 가는 여름방학 시작 날, 부모님이 늦게 데리러 오셔서 교실을 지키던 친구가 목격한 광경이라고 한다. 담임 선생님께서 혼자 사물함 2개를 쓰고 있는 나의 2호 사물함 옆 칸에 손수 3호 사물함을 만들어, 내 책상 옆 위태롭게 쌓여있는 책더미에서 젠가를 하듯 책을 한 권씩 빼서 묵묵히 사물함에 넣고 계셨다고 한다. "담임선생님, 무뚝뚝해 보여도 좋으신 분 같아."하고 덧붙이며 이 이야기를 들려준 친구는 내 2호 사물함에 있던 움베르트 에코의 장미의 이름을 왜인지 하권부터 빌려 간 후 돌려주지 않았다.

대학교 때에는 나랑 습성이 비슷한 친구와 둘이 사물함을 추첨받아서 썼다. 둘 다 무거운 전공책을 들고 다니는 것을 싫어해서 우리는 사물함이 필요하리라 생각했다. 그러나 둘 다 게을러서 사물함까지 가는 일도 거의 드물었다. 그래서 의외로 사물함은 꽤 깨끗하고 빈 채로 유지되었다.

나의 정리 습관은 교과서뿐만이 아니라 다양한 곳에 적용이 되고는 한다. 주로 조금 비극적으로 말이다.

회사에서 보스가 나 없을 때 내 책상을 보며 나지막하게 쯧쯧거린다던가, 사무실 자리 옮길 때 신발 박스만 네 개가 나와서 대리님이 사무실용 신발장을 반강제로 물려준다던가, 팀 동기는 다가와서 "너는 가만히 있고 버릴 것 지정만 해줘. 내가 니 자리 정리해주면 안 되겠니." 하는 이상한 거래를 제안한다던가, War요일 아침 출근해서 힘내보려고 좀 똑똑하고 신나는 얼굴로 컴퓨터 위 먼지를 닦고 있는데 중간 보스에게 "컴퓨터 먼지만 닦는다고 해결될 일이 아닐 텐데……"같은 혼잣말을 들어야 한다던가.

그런데 이게 참 말이다. 보는 사람은 답답할 것 같은데 나는 의외로 불편한 점이 없다. 다른 사람에게 카오스로 보이지만 내 안에는 완벽한 법칙으로 흩어져 있기 때문이다. 내가 원하는 것은 항상 내가 기억하는, 자연스럽게 내 손이 가는 그 자리에 있다. 다만 남들이 보기에 가지런하지 않을 뿐이다.

사실 내 나름의 노력은 하는데 정리는 좀 힘든 것 같다.

인정해야지. 난 순수하게 정리를 못 합니다. 비위생적인 걸 좋아하는 것도 아니고 악취도 싫어하고 더러운 것도 싫어하는데 그냥 정리를 못 한다.

요즘 대규모 정리를 해야 하는데 꽤 힘들다. 신발을 20켤레 정도 버렸는데, 내 기억 속에 없는 신발이 3켤레 나온다든지.

화장품은 그래도 꽤 애정을 가지고 정리하는데 우선순위 설정이 너무 힘들다. 일단 눈 관련 제품은 사용 빈도 순서로 정리를 했다. 블러셔는 브랜드마다 채도나 특유의 질감이 달라서 브랜드로 나눠 정리할까 하다가, 핑크와 오렌지, 피치 이런 식으로 색상별로 구분하고 싶기도 하다. 아니면 고체, 스틱, 파우더, 젤 등 제형이나 포장 형태로 구분해 보고 싶기도 하고.

낙타와 200ℓ가 넘는 쓰레기를 버리고 들어오던 중이었다. 낙타가 어라? 하며 신발을 벗더니 발바닥에 오백 원짜리 동전이 붙어 있는 것을 발견해서 둘이 아하하하 웃었다.

정리를 잘 못 하면 청소를 할 때 여기저기 동전이 굴러다녀서 부유한 느낌이 들고, 의도치 않은 비상금이 생긴다는 소중한 앎을 얻었다. 전혀 없을 것 같지만, 의외로 정리를 못 하는 것의 장점도 있는 것이다.

정리를 잘하는 것은 타고난 능력인가 봅니다. 노력해도 남들 눈에는 혼란스러워 보이나 봐요.

독백왕 낙타

왜 이렇게 지지?

언니한테 뿐만이 아니야.

누구랑 해도 그냥 계속 져.

져도 이제 아무런 느낌도 없어 하도 져서 이제 슬프지도 않달까.

왜 이렇게 돈이 없지?

이유를 모르겠어. 내가 뭘 잘못하고 있는 거지…….

-핸드폰 브루마블 게임 중 낙타의 철학적 독백.

이 누가 들어줘야 하는 혼잣말을 듣고 난 낙타에게 드물게 졌다.-

#게임에 진심이 되는 사람들이 있죠. 저도 가끔은 그렇습니다.

제6장. 직장인, 나의 일상

우리는 직장인

직장이 정제된 모습의 인간체로 있는 곳이어야 할 것 같지만, 가끔은 억눌린 뭔가를 해소하는 곳 같기도 하다. 나만 해도 어렸을 때 생각했던 이상적인 모습의 어른으로 회사에 다니지 않고 있기도 하다.

중고딩 수준의 콘텐츠로 열광하는 철없는 동기들도 집에 가면 누군가의 가장이고 아빠고 엄마이다. 동기끼리는 그나마 꽤 편하게 지내지만, 이 '편하게 지내는' 범위가 좀 넓은 사람들도 있다.

처음 팀에 왔을 때 짝꿍이었던 선배님은 약간 항문기 단계였다. 선배님은 아침 출근한 지 한 시간 정도 지나면 화장실에 다녀온 후 옆자리 나에게 모닝 꿍 후기를 굳이 공유해줬다. 굉장히 성공적이었던 경우나 안 좋았던 경우는 디테일한 부분도 극적으로 얘기해줬다. 평범한 날에는 '성공!' 정도로 간략하게 보고하고 끝이었다.

처음엔 더러워서 별로였는데 듣다 보니 재미있어졌다. 선배님은 내가 첫인상이 차가워 보였는데 모닝꿍 이야기를 잘 들어줘서 편해졌다고 했다. 그 사람은 모든 자기 이야기를 그렇게 소소하게 실시간으로 중계하는 것을 좋아하는 입담 좋은 사람이었고, 나는 다른 사람의 (내가 스트레스받지 않아도 되는) 소소한 이야기를 듣는 것을 좋아하는 사람이었기 때문인 것도 있을 것이다.

요즘도 윗분들이 안 계신 날에는 가장 고참 차장님까지 포함하여 다들 유치한 주제로 꺄르륵 웃으며 정장 입은 채로 뛰어다니고 놀리고 하는, 민망할 정도로 천진난만한 부분이 있는 것을 볼 때마다 신기하다. 지금 우리에게 이렇게 유치한 행동을 마음 놓고 할 수 있는 곳은 의외로 회사밖에 없는 것 아닌가 하는 생각이 든다. 현재 우리는 거의 인생 단계에서 완성체겠지. 이 안에 지금까지 모습이 누적되어 있는 듯도 하고 딱히 더 발전될 것 같지도 않다.

이상적인 모습이 되도록 강요받지 않고 마음 내키는 대로 웃고 장난치고 바보 같은 짓도 할 수 있는 친구나 장소는 갈수록 소중한 듯.

그렇다고 이 장소가 꼭 회사일 필요는 없고 회사에서라도 할 수 있어 다행이다 정도로 마무리해보자. 툭툭.

#직장인 #철없음 #완성체

주말의 끝을 잡고
주말이 끝나 갈 즈음 가끔 공상을 한다

일요일 밤, 천사소녀 네티처럼

괴도 루팡처럼

아니면 하루키의 빵 가게 습격 사건처럼

나는 고슴도치 루비나 믿을만한 파트너와 함께 회사 건물 전체의 손톱깎이를 훔치겠다.

편의점에서 파는 것까지 하나도 빠짐없이 찾아서 저 멀리 가져다 버려야지. 분리수거도 해야지.

그 후로 월요일 아침 회사 사무실에서

더 이상 손톱 깎는 소리가 들리는 슬픈 일은 없었다고 합니다.

사무실 카펫 바닥에 하얗고 두꺼운 반달 같은 손톱이 떨어져 있는 일도 없었다고 합니다.

이런 아름다운 이야기가 후세에 길이길이 남으면 좋겠다.

#공상 #희망 #위생 #정의

출근길

교복을 입고 반 좀비 상태로 등교하는 남고생 무리를 역방향으로 거슬러서 나도 반 좀비 상태로 출근하고 있다.

요즘 아이들이 획일적으로 자라네 뭐네 해도 출근하며 흘낏 학생들을 보면 별별 아이들이 다 있다. 아니면 모집단이 크니까 아이들 중 별별 일을 다 하거나 다 당하는 애들이 있는 것인가. 오늘은 신발을 한쪽만 신고 길에 멈춰 있는 아이를 봤다. 무슨 사정이 있나 살펴봤는데, 살짝 웃고 있는 표정은 매우 즐거워 보였다.

몇몇 애들은 특징이 좀 있어서 기억하고 있는데, 그중 한 명은 대중교통 등교를 하는지 꽤 정확한 시간에 와서 내 출근길 상태의 지표가 되고 있다. 우리 집 근처에서 걔를 보면 난 늦은 거고, 큰길에서 걔를 보면 양호한 출근인 것이다. 걔도 나를 얼핏 기억하는지, 집 근처에서 만나면 너 오늘 늦었구나 쯧 하는 표정을 짓는듯한 기분이 든다. 그 소년은 꽤 인삼같은 스트럭쳐를 하고 있어서 마음속에서 인삼씨라고 부르고 있다.

무더기의 멍한 표정 아이들이 조용하고 힘없이 어디론가 가는 것을 얼핏 보면 다들 배경화면 같은데, 가끔 그 중 인격을 가지고 있는 개체를 발견하면 왠지 감동스럽다.

출근길 최대의 난관은 편의점 앞 인도가 좁은 Zone에서 비정기적으로 만나는 비둘기 무리이다. 길 담배 피는 깡패처럼 꼭 두세 마리씩 진을 치고 어슬렁거리고 있다. 상당히 마음에 안 든다.

오늘도 편의점 앞에 비둘기 무리가 있길래 초인적인 멀리 뛰기를 해서 이 길을 다 뛰어 넘어버리면 좋겠다고 생각하며 비켜줄 때까지 기다리고 있었다.

그런데 맞은편에서 지구 위 모든 병균과 바이러스에 면역력을 가지고 있을 것 같은 행색의 아이가 나와 아주 비슷한 표정을 지으며, 차도를 크게 침범하며(위험해!) 비둘기를 피해서 내 쪽으로 오는 것을 보고 일순간 대단한 유대감이 생겼다. 너도 비둘기 싫어하는구나.

왜 그 아이는 남들과 똑같은 교복을 입고도 그런 지구촌 대표 집시 같은 멋을 풍길 수 있는 걸까. 개성이란 어디서 나오는 걸까.

몇 개의 계절을 동시에 살고 있는지 모르겠다. 분명 겨울 직전인데 오늘 조금 따뜻해지니 왠지 겨울이 끝나고 봄이 왔을 때의 느낌도 난다.

매일을 비슷한 일을 하고 비슷한 일정으로 살고 있는 것 같은데, 사실 확정된 일은 거의 없는 것 같다. 인생의 중요한 부분은 이 확정되지 않은, 그래도 엄연히 일상에 포함되는 그런 알 수 없는 순간에서 결정되는 기분이 든다.

일상이 비일상을 만들고 다시 그것이 일상이 되는 일상이겠지.

#출근길 #일상 #비둘기 #개성 #비일상

이어폰 빌리기

오늘 모처럼 종일 혼자 하는 업무가 있어서 음악을 듣고 싶었다. 음악을 들으며 일을 하면, 사무실 복지 지수가 50% 정도는 상승하는 느낌이다. 그런데 하필 오늘따라 이어폰을 집에 놓고 왔다.

업무 특성상 혼자 당당히 음악을 들을 기회는 별로 없어서 이어폰을 빌려볼까 싶어 일단 현황 파악을 시작했다.

요즘 본인 영어 이름인 '케빈'이라고 부르면 좋아하며 잘해주는 케빈 대리님에게 혹시 이어폰이 있냐고 물어봤다. 케빈 대리님이 고무 캡이 달린 인이어 형식의 이어폰을 흔쾌히 꺼내주길래 '아직 빌려달라는 말은 안 했는데' 생각하며 "아 그런데 대리님 이건 귀 안에 너무 닿아서 안 되겠네요. 아하하." 하며 워워 자세로 다시 건네줬다. 케빈 대리님은 "알겠어요. 고무 갈아드릴게요." 하며 마침 가방에 운 좋게 있던 새 고무 캡 1쌍을 꺼내줬다.

귀에 넣는 부분의 고무 캡을 갈아주는 케빈 대리님에게 "대리님, 빌리는 주제에 이것저것 따져서 죄송해요." 하고 정직히 고마움과 미안함을 표현했다. 케빈 대리님이 씩 웃으며 "아, 아닙니다. 과장님과 어울려요! 빌리면서 당당히 코멘트하는 거!" 하고 말해서 평소 행각을 돌이켜보며 조용히 이어폰 획득.

이왕 고무 캡도 새로 갈았겠다 하루 종일 써야지. 월요일도 길지만, 화요일 또한 롱롱 튜즈데이인 것이다.

#사무실 #복지 #빌리기 #적반하장 #음악

팀원 구성

소모적인 날의 위안 중 하나는 동료들이 좋은 사람이라는 것이다. 이제 서로 적응해서 마음껏 개성을 펼치는 팀원들을 보면 내가 정말 평범한 사람이구나 싶다.

일단 보스들 빼고 우리 6명의 종교는 6개. 현대 물리와 테슬라 팬 4명, UFO 팬 4명, 한화 야구팬 1명.

주특기도 다양하다.

매너, 인맥, 불금, 클럽, 사이드메뉴 주문, 암기, 비밀 만들기, 젊은 뱃살, 세계 수도 틀리기, 노안, 배바지, 호기심, 금방 질리기(나)

특기와 취향이 희극적이고 상호 보완적이라 서로 웃으며 일하지만, 어제 얼마 전 입사한 후배가 "지칩니다"하는데 안쓰러웠다. 그 후배는 엄격한 '다나까' 말투를 고수하고 있다. 그러나 다나까 후배여, 알고 있는가. 지금은 선배들이 농한기라고 부르는 한가한 시즌이라는 걸.

#특기 #개인취향 #서로그러려니하기 #UFO

관상학 대가 팀원

보통 "누구 어때?"하고 물으면 "활발해.", "조용한 사람이야." 같은 답을 하는데 "걔 관상은 별로인데 심상이 괜찮지."라는 답을 하는 팀원이 있다. 입사 동기 피터 오빠다. 입사 1년 후 우리는 같은 팀이 되었다.

회사에서 '오빠'라고 부르면 안 된다지만 팀 동료가 아니라 동기로 먼저 알기도 했고, 무엇보다 선배들도 나를 ○○ 과장이라고 부를 때 보다 '○○야'라고 부를 때가 압도적으로 많아서, 나도 뭐라고 하건 말건 '피터 오빠'라고 부르고 있다. 오히려 당당히 대놓고 몇 번 부르니까 아무도 뭐라고 안 한다.

피터 오빠에게 내 심상은 어떠냐고 물업봤더니 '평화를 사랑하고 아주 좋은 심상'이라길래 뿌듯해서 피터오빠의 관상학 해석을 믿기로 했다. 이런 건 나한테 좋은 결과만 믿는 좋은 습성이 있다.

평화라고 하니 생각났는데, 모르는 사람에게 '평화를 빕니다'하고 인사하는 것은 아름답고 순수한 선의가 느껴져 좋다. 미사의 가장 아름다운 부분이라고 생각한다.

#평화 #관상 #심상 #좋은것만믿기

구토의 추억

평화롭게(연휴를 앞두었으므로) 출근해서 자리에 앉자마자 피터 오빠가 찍 찍거리며 오더니 "스위스 좋니?" 는 모호한 질문을 했다. 뜬금없어서 왜냐고 물어보니 얼마 전 태어난 둘째 딸을 데리고 5년 후에 가고 싶다는 아름다운 중장기 미래를 꿈꾸고 있었다. 월요일 아침부터 5년 후 계획을 세우다니, 훌륭한 직장인의 자세를 시전하고 있는 피터 오빠에게 별똥별도 많고 좋았다는 답변을 해주려고 하다가 갑자기 조금 슬픈 기억이 떠올랐다.

이런 기억이 떠오른 이유는 피터 오빠가 "눈앞에 버스가 도착한 순간 배탈나는 바람에 아침에 조금 늦었네. 하하하." 하는 불필요한 본인의 신체 상태에 대한 정보를 줘서이지 싶다. (점심때 배탈 관련한 디테일도 들으며 함께 죽을 먹어야 했다…….)

좋은 장소에 대한 낙타의 기준이 '비둘기 밀집도'라고 한다면, 좋은 여행지에 대한 내 구분 기준 중 꽤 중요한 카테고리는 구토 여부이다. 아빠가 배탈을 여행지 선정에 중요 요소로 두는 것과 비슷하다. 내가 토한 3대 여행지는 베트남, 홍콩, 스위스인데 앞의 둘은 구분 불가할 정도로 힘들었다. 그래서 저 두 나라에는 웬만하면 다시 가고 싶지 않다. 하지만 스위스만은 힘든 기억에도 불구하고 마음속에 아름답게 남아있다.

베트남은 출장으로 갔다. 귀국 전날 밤 회식을 했는데 베트남 직원분 가족이 경영하는 로컬 음식점이 장소라서 현지 느낌이 나서 좋았다. 신기하게 요리한 해산물과 찐 게가 잔뜩 나왔다. 초창기 우드스톡 페스티벌에서 마약과 음악만 제거한 것 같은, 한국에서는 볼 수 없는 자유도 높은 회식이었다. 분위기 적응을 위해서 몸 사리며 앉아있는데, 출장 내내 친절히 대해 주신 영어 잘 못 하는 베트남 직원분이 내 접시에 큰 게를 놔주며 말없이 눈을 반짝거리며 쳐다보셨다. 말이 안 통하니 내 성의를 증명할 다른 방법이 없어서 게를 먹었다. 먹다 보니 맛있어서 한 마리를 거의 다 먹었다.

그리고 다음 날 귀국 비행기에서 내내 토했다. 베트남 공항에 도착하자마자 토를 시작했다. 토를 하던 중 피터 오빠에게 전화가 왔다. "너만 비행기 타면 다 타는 것 같은데 일단 비행기 타고 서울 가며 토하는 건 어떠니." 오, 합리적인 제안이네?!

사람이란 꽤 장시간 토할 수 있구나. 중간부터는 물과 위액만 나와서 구역질만 했다. 결국, 승무원분께서 내 상태를 보시고는 마음 놓고 토하라고 따로 전용 화장실을 지정해주셨다. 고맙습니다, 고맙습니다, 덕분에 덜 미안해하며 토할 수 있었어요. 같이 출장 갔던 중간 보스는 비행기에서 내리더니 쿨하게 "너무 심하면 산재 처리를 고민해보던가." 하고 휙 돌아갔다.

홍콩……. 낙타와 함께 간 홍콩은 간단하다. 거리에서 비위에 잘 안 맞는 향신료 향을 맡은 순간부터 살짝 불안했다. 비슷한 기분을 느꼈던지 낙타가 본인은 이제 한식을 먹어야겠다고 주장해서 힘들게 한식집에 찾아가서 순두부를 먹었다. 그때까지 순두부는 내 소울푸드 중 하나였다. 두부와 달걀을 동시에 먹을 수 있는 완벽하고 따뜻한 몰캉몰캉한 음식. 끓인 음식이기도 해서 안심하고 주문해서 먹었다.

하지만 그 순두부를 먹고 밤새워 토했다. 그리고 다음 날, 일정 때문에 어쩔 수 없이 토하며 마카오에 갔다. 페리에서 토하는 것은 두 번 다시 겪고 싶지 않은 경험이다. 마카오에 도착해서 낙타는 울렁거려 하는 내 앞에서 만족스러운 얼굴로 찹찹찹하고 마카오의 명물 완탕을 먹었다. 완탕을 먹은 후에 여전히 토 기운이 가득한 나를 끌고 다니며 "언니는 아직 아무것도 먹으면 안 돼. 자중하라구 하하." 하며 유명한 에그타르트집을 찾아가서 맛있게 에그타르트를 먹었다. 그래도 내 손을 주물러 주긴 했다.

스위스는 가족여행으로 간 곳이었다. 가족들 모두 똑같이 먹었는데 나만 토해서 무엇 때문에 토했는지 알 수조차 없었다. 기차에서 갑자기 토 예감이 느껴졌다. 본격 토 기분이 시작되어 화장실로 갔는데, 기차 안 화장실 위생 상태 때문에 비위 상하는 것이 가속화되었으나 토는 실패해서 더 힘들어졌다.

결국, 나 때문에 우리 가족 네 명은 목적지까지 가는 중간의 아름답고 한적한 역에서 내렸다. 역 화장실에서 토하기에 성공 후 핑핑 어지러운 머리로 가족들에게 돌아오며 역 벤치를 쳐다봤다.

하얀 구름이 풀어져 있는 파랗고 끝없는 하늘을 배경으로 낙타는 짐을 안고 발장난을 치고 있었다. 엄마랑 아빠는 벤치에서 담소하며 토하러 간 나를 기다리고 계셨는데 세상에 없는 장소처럼 평화로워 보였다. 엄마는 내 입술이 하얗다고 안쓰러워하시며 벤치에 나를 가로로 눕히고 무릎베개를 해주셨다. 나는 세렝게티 한가운데서 하필 사자와 눈이 마주쳐서 몇 번 물리고 가까스로 도망에 성공했지만, 결국 힘이 다해 큰 나무 아래서 마지막을 기다리는 톰슨가젤처럼 하아 하아 가슴을 들썩들썩하며 얼굴에 비장과 고통을 범벅하고 엄마 무릎을 차지하고 누웠다. 낙타는 '뭐 한두 번도 아니고' 하는 눈빛으로 벤치에 누워있는 나를 쯧쯧 하며 내려봤다. 저 생물의 속성은 내가 아프건 말건 한국이건 외국이건 똑같군 싶었다.

사실 여행지에서 토한 적은 많지만, 나머지는 저 세 경우에 비하면 난이도 낮은 간단한 토라서 그리 기억에 많이 남지 않는다. 얼마 전 쿨토시 형제와 스페인에 갔을 때도 토를 했다. 잠시 차를 멈춰달라고 한 후 사라졌다가 금방 다시 차에 올라탄 나에게, 형제들은 '정말 조용하고 빠르게 토를 잘한다'고 칭찬해줬다.

앞으로 어느 때 어느 누군가와 동행을 하게 된다고 해도 난 나만의 아픔을 간직하고 아무도 모르게 토한 후에 다시 우아한 표정으로 사람들 앞에 나타나겠지. 그리고 의연하고 꿋꿋하게 내 갈 길을 가겠지. 아 얼마나 고독하고 아름다운가.

#토 #여행 #고독 #어른

직장인 점심 수다

관상과 체질학 대장 피터 오빠와 야망의 아이콘 케빈 대리님과 점심을 잔뜩 먹고 소화 잘되는 스텝을 밟으며 사무실로 돌아오는 길이었다. 점심 먹으러 나가는 길은 다들 밝지만, 복귀하는 길의 수다는 오후의 업무를 앞두어 조금 슬프고 나른하다.

케빈 대리님이 뜬금없이 "외로우세요?" 묻길래 다들 잘하는 말을 인용해서

"사람은 다 외롭대요."라고 대답했다. 그랬더니 본인은 외롭다고 느껴본 적이 없다고 TV만 있으면 괜찮은데 이게 좋은 것인지 나쁜 것인지 모르겠다고 진지하게 고민을 했다. (이 순간 낙타가 생각난 것은 비밀이다.) 피터 오빠는 외로워 죽겠다고 했다.

케빈 대리님은 우리 답변은 중요하지 않다는 듯 말을 이었다. 그런데 그랬던 자기가 아무래도 변한 것 같다고 외롭지는 않은데 친구와 노는 것도 공허하고 모든 게 시큰둥해져서 누워서 TV만 보게 되는 것 같다고 했다. 나와 피터 오빠가 조심스럽게 혹시 그 시작이 우리 팀에 온 시기와 일치하지 않냐고 물었더니 케빈 대리가 정확히 맞다고 인정해서 급격히 다같이 숙연해졌다.

횟집을 지나가다 갑자기 생각나서 "큰 다금바리를 잡을 때 어떻게 죽이는지 아세요?"하고 물어봤다. 케빈 대리님이 타자가 공을 치는 자세로 (케빈 대리님은 말하는 걸 항상 액션으로 동시 표현하고자 하는 욕구가 있고, 그로 인하여 주변 사람은 매우 부끄럽다) "방망이로요!"하고 대답했다. 피터 오빠도 손으로 기묘한 자세를 취하며 "음 그거 때려잡는 거 아닌가." 한다. 나는 어딘가의 다큐멘터리에서 본대로 '그러면 살이 상하니까 아가미에다가 두꺼운 정을 대고 망치로 쳐서 죽이는 모양'이라고 애매하게 자신 있는 정보를 알려줬다.

우리 셋은 갑자기 다금바리의 마음이 되었다. 내가 "아가미 벌릴 때랑 정을 아가미에 대고 망치 가늠질 할 때 진짜 짜증 날 것 같아. 손도 없고 뭐라고 할 수도 없고." 하니 피터 오빠도 "나 같으면 욕할 것 같아."하고 공감을 해줬다. "그렇게 망치로 치면 아! 하고 아프고 억울하겠지." 하니까 케빈 대리님이 갑자기 "에이 아!가 아니죠. 아악! 아아악!! 하아하아 그럴 것 같아요." 하며 망치 내려치는 포즈로 길에서 소프라노 아악과 바리톤 하아를 반복해서 서로 모르는 사람인 척 얼른 편의점으로 도망 왔다. 왜 또 War요일이 돌아온 것일까.

#정말그럴까싶지만굳이찾아볼마음은들지않는것 #다금바리 #외로움 #아악

출장의 교훈

여행에 출장까지 겹쳐 쓸데없이 지속되는 해외 생활에 대한 불만이 내 안에 고조되고 있던 와중이었다. 서울에서 내 자잘한 사적 잡무를 강제 담당하고 있는 같은 팀 동기 피터 오빠가 '빨리 와. 팀이 심심해.' 메시지를 반나절 사이 네 번 정도 보내서 살짝 위안이 되었다.

출장에 대한 매너리즘이라던가 하는 쓸데없는 감정이 필요 이상으로 쌓였다고 스스로 느낄 때, 컨트롤까지 잘 안되면 내 우아한 어른성에 조금 자신이 없어지는 것 같다.

아침에 아이라이너를 부러뜨리고 슬퍼하다가, 집 떠날 때는 쓰지 않을 것 같더라도 화장품은 항상 과하게 챙기자는 깨달음을 얻었다. 출장을 통하여 지혜가 +1 Up Up!

#출장 #여행화장품은과하게 #끝맺음은교훈으로

출퇴근

아침 30분을 사수해서 좀 더 자기 위하여 택시로 출근하기로 결정했다. 다행스럽게 집과 회사의 거리가 그런 사치를 누릴 수 있을 만한 거리이기도 하다. 그래서 언젠가부터 아침에 일어나서 가장 먼저 말을 나누는 사람은 택시 기사님이다

주로 '안녕하세요.' 그 다음은 '여기서 좌회전이요.'가 아침 말의 시작. 그리고 누구와 약속을 하지 않는 한, 마지막으로 대면하여 말을 나누는 사람도 대부분 택시 기사님이다. 야근은 택시비 지원을 해주기 때문이다.

대화를 나눈다고 하기도 일방적이고 약간 애매해서 말을 나눈다고 썼지만 회사 사람 외에 대면 이야기 상대 중 택시 기사님은 압도적으로 큰 비중을 차지하고 있다. 그래서 가끔 아주 적당한 정도로 친절하신 분을 만나면 기분이 좋다. 너무 친절하시거나 너무 말을 거시면 난 또 금방 지친다.

딱히 친절한 언행을 하지 않으시더라도, 어딘가에서 이분은 기본적으로 좋은 사람이시구나 하는 게 느껴지면 왠지 안심되며 마음이 느긋해진다.

엊그제 퇴근 후 막히는 언덕길을 타고 집으로 가던 중이었다. 멍하니 앞을 가득 메우고 움직이지 않는 차들을 보다가 시선을 조금 더 위로 올려보니, 커다랗게 뜬 보름달이 황금색으로 예쁘게 빛나고 있었다. 보름달은 언덕 끝 바로 위에 나지막이 떠 있어서, 마치 저 달로 차를 타고 달려가고 있는 기분도 들었다. 막히는 이 언덕만 지나가면 아름다운 달에 도착합니다. 나도 모르게

"달 진짜 크고 예쁘다." 하니 기사님께서도 오늘 달은 진짜 예쁘다고 좋아하셔서 기분이 푸근해졌다.

　달이 너무 예뻐서 사진을 찍어봤지만 핸드폰 카메라로는 전혀 그 특별한 아름다움이 잡히지 않는다. 그래도 내가 계속 찰칵거리며 사진을 찍으니, 막히는 신호마다 기사님께서도 누군가에게 보여주기 위해서 사진을 찍으셨다. 사진을 찍으시며 "왜 눈에 보이는 것처럼 예쁘게 안 나오지." 하고 같이 안타까워하셨다. 막히는 길 위, 끝없는 신호를 기다리는 택시 안에서 낮게 뜬 커다란 달을 보며 나도 기사님도 찰칵찰칵.

　누군가가 사진을 찍는 것을 보면 저 사진을 누구에게 보여주려는 걸까 생각이 들어 다양한 상상을 하게 된다. 생판 모르는 남이지만 그 순간을 함께하며, 마음에 큰 평화를 주셔서 고마웠다.

　#퇴근 #달 #찰칵찰칵 #적당한참견 #적절한공감

팀 투표

부레옥잠색 카디건을 즐겨 입는 옥잠 차장님과 대리님이 싸웠다.

　시발점이 된 대사는 옥잠 차장님의 "내가 아는 동생 중 네가 젤 못생겼다."이다. 누군가를 자극하기에 충분하고도 남는다.

　정확히 말하면 "내가 너 진짜 좋아하는데, 내가 좋아하는 동생 중 네가 젤 못생겼다." 의 칭찬도 욕도 아닌 뉘앙스의 말이었다. 도대체 어쩌다 회사에서 저 둘이 '좋아함'과 '못생김'을 논하게 되었는지 모를 일이다.

더 유치한 것은 대리님이 "그렇게 말하는 차장님이 저보다 더 못생긴 것은 아시죠?"로 옥잠 차장님의 도발을 받아친 것이었다. 그리고 앞으로도 나오겠지만, 대리님 목소리의 기본 데시벨 세팅은 매우 높다. 그냥 말해도 멀리서도 다 들린다.

팀 사람들은 조용한 옥잠 차장님 말은 놓쳤지만, 온 회사에 울려 퍼지는 "그렇게 말하는 차장님이 저보다 더 못생긴 것은 아시죠?"를 듣고, 바짝 붙어 얼굴을 서로에게 들이밀고 싸우고 있는 둘에게 주목하기 시작했다. 듣다가 모두 다 웃고 슬퍼서 웃으며 울었다.

그 진흙탕 싸움은 계속되어 둘은 서로의 이미지를 다양한 비유를 들어 비판했다. 계속 말로 싸우다가 결판이 안 나자 옥잠 차장님의 건의로 '누가 더 못생겼나' 투표까지 했고 대리님이 아슬아슬 옥잠 차장님을 이겨서(?) '1등 대리님'이 되었다.

저 이상한 투표에서 자기 표가 대리님보다 조금 더 적게 나왔다고 옥잠 차장님은 굉장히 기분이 좋아 보였다. 이 사람들 진심이었구나……

회사에서 저런 것으로 싸우지 맙시다. 그리고 다행스럽게도 투표 이후에도 '좋아하는 동생' 속성은 유지되고 있는 모양이다.

#좋아하는데못생김 #못생겼는데좋아함 #직장인투표

사명감 1

사람들은 각자 다양한 사명감을 느끼고 있어서 그걸 달성하느냐가 인생 만족도에 크게 영향을 미치는 것 같다.

나 또한 크고 작은 여러 사명감을 느끼는데 일단 팀의 우리 파트에선 내가 개그를 맡아야 할 것 같다는 의무감이 든다. 우리 파트 맨날 바쁘고, 회의하며 점심 먹느라 불쌍한데 웃기라도 해야지.

회의 때 가끔 조용하고 은근하게 개그를 쳐본다. 옆자리 대리님이 끅끅거리며 숨죽여 웃다 들켜서 혼나면 난 오늘도 내 담당을 잘 수행했다는 안도감이 든다.

주로 이런 순간 개그가 필요하다. 회의에서 중간 보스가 똑같은 이야기를 3번 정도 반복하고, 모두들 애써 비장한 표정을 유지하고 있지만 나와 옆 사람의 뇌는 아무 활동을 하고 있지 않다는 것을 서로가 암묵적으로 느낄 때.

내가 가장 좋아하는 것은 옆 사람에게 업무 관련 심각한 귓속말을 하는 척하며 오전에 팀에서 잠시 유행했던 유튜브 대사를 작게 속삭이는 것이다. 옆 사람은 안 웃으려고 콧구멍이 커지고 나는 그걸 보며 기분이 좋아진다. 진짜 가끔 뜬금없을 때 조용히 해야 효과가 좋다.

대상별로 공략 포인트도 다르다. 좀 치사하지만, 가끔 외모 비판도 사용한다. 매너 과장님에게 '보스 삐져나온 코털 너무 영롱'이라고 작게 써서 슬쩍 보여쭀을 때 매너 과장님은 발 구르다가 혼나고 앞으로 너희 둘은 자리 붙어 앉지 말라고 경고도 받았다. 매너 과장님은 별거 아닌데도 반응이 과하다.

오늘은 너무 졸려서 개그 쳤더니 케빈 대리님이 엎드려서 웃어서 반응에 만족스럽던 차에 피터 오빠가 조용히 "내가 널 5년간 봤는데 아직도 예측을 못하겠다." 하고 깊은 한숨과 애매한 여운을 주었다.

배추도사 무도사 선비 같은 동기 피터 오빠 앞에서는 좀 개그를 점잖게 해야겠다.

#사명감 #의무감 #책임감 #성공

그런 이유로

매미한테 포위당한 것 같다.

분명 이중창을 닫았는데 방 안에 매미와 같이 있는 듯한 기분이 든다.

매미, 정말 순간에 최선을 다하는구나. 우아함을 지키기 위하여 가끔 무언가를 아낌없이 포기하는 나랑은 그다지 안 맞는 성격이다.

주어진 시간이 얼마 없어서 그런 거는 알겠지만 너의 짝짓기랑 내 잠은 독립변수여야 한단 말이다.

졸리고 긴 하루가 될 것 같다.

－삼십 분자고 출근한 이유 －

#변명아님 #진짜졸림 #창문옆매미반대

영화 보는 직장인 1

나랑 옥잠 차장님은 영화를 좋아하는 편이다. 본 영화에 대하여 영화 평점을 주며 '내 영화 안목은 좀 괜찮아.'를 서로에게 자주, 그리고 근거 없이 뽐내고 있다. 팀에 새로 온 케빈 대리님은 이런 아름다운 광경에 감화되어 본인도 어떻게 좀 끼어보고 싶어서 영화 평점 앱에 가입하여 평가를 시작했다. 직장인 공통 취미는 영화평 공유 정도인 것이다. 그것도 절대로 같이는 보지 않는.

케빈 대리님은 한국 하드보일드 조폭 영화를 즐겨 봐서 요즘 깐죽거리기 좋아하는 옥잠 차장님은 초딩 취향 같다며 케빈 대리님을 놀렸다. 그런데 케빈 대리님이 주말에 300개 정도 영화에 평점을 주고 나니까 옥잠 차장님과 케빈 대리님과의 취향 싱크로율이 67%까지 높아진 것이다. 케빈 대리님은 흐뭇해하는 반면 옥잠 차장님은 일방적으로 마음이 상했다. 그러더니 여름 휴가 동안 영화 평가를 많이 해서 케빈 대리님과의 취향 싱크로율을 떨어뜨리는 새로운 휴가 목표를 추가했다.

옥잠 차장님은 주말이 지난 후에도 나와 케빈 대리님의 취향 싱크로율은 높아지지 않은 것을 발견했다. 거기에다가 아마 나의 우아하고 고상한 취향이 내심 궁금하기도 하기도 했을 것이다. 그래서 새로 추가한 휴가 목표를 위하여, 내가 고득점을 준 영화를 본인도 보고 평점을 주려고 했다고 한다. 참 별 걸로 다 치밀한 계획을 짠다 싶다.

그런데 옥잠 차장님은 내가 고득점을 준 영화는 아무리 찾아봐도 소스가 없어 못봤다고 한다. 휴가 후 갑자기 '보나 마나 당신의 취향이 특이해서 그렇다.'며 본인이 보지도 않은 영화에 대한 취향을 비판하기 시작했다.

어른스럽게 "차장님, 모든 영화를 토렌트에서 찾지 마세요." 하고 충고했다가 더 발끈하는 불평을 들었다.

#싱크로율 #나랑너는달라 #사실은같아

영화 보는 직장인 2

다른 팀도 비슷하겠지만 우리 팀원들은 나이대가 비슷한 거 치고 각자 취향이 너무 다르다. 그래서 다 같이 공통 주제로 이야기가 될만한 것이 영화밖에 없다. 다들 나름의 방식으로 영화를 즐기는 편이긴 하다.

그나마 영화 취향마저도 각자 다른데 그래도 일대일로 놓고 보자면 조금의 교집합은 있어서 이야기되고 있다.

예를 들면 1등 대리님과 케빈 대리님은 일단 개봉한 블록버스터는 다 보고, 케빈 대리님과 매너 과장님은 깡패 나오는 멜로 영화를 좋아하고 이런 식이다. 그리고 같은 앱에서 영화 평점을 주고 있는 나와 케빈 대리님과 옥잠 차장님은 서로의 영화 평점을 보며 취향을 까는 것도 즐긴다.

오늘은 평소 아주 조용하고 우아한 내가 옥잠 차장님과 '고령가 소년 살인 사건'이란 영화에 대해서 러닝타임이 4시간이다, 수작이라더라, 이런 시시콜콜한 수다를 떨고 있었다. 여느 때라면 저쪽 자리에서 들려야 할 수다가 안 들리고 조용하길래 아 우리를 얘기를 듣고 있나 보다 싶었다.

이 우리나라에선 내일 개봉인 그 영화가 원래 91년도 영화라고 하니까 "장첸이 무려 14살로 나오네." 하고 옥잠 차장님이 흥분했다. 요즘 왜 자꾸 별거 아닌 거에 흥분하시는지 모르겠다⋯⋯.

내가 나답게 "장첸이 누구지, 잘 생겼어요?"하고 물어보니 옥잠 차장님은 꽤 긴 공백을 두고 '⋯⋯네. 나보단요' 하고 비장하게 대답했다. 이야기를 듣고 있던 주변의 대리님들이 지나치게 솔직한 데다가 본인과 비교한 포인트가 너무 쓸데없었다고 좋아했다.

이런 대화 중 가장 영화를 덜 보는, 키가 큰 1등 대리님이 갑자기 휘청거리며 옥잠 차장님에게 걸어와서는 "차장님, 저 행복 도시 보고 싶어요." 하고 앙탈을 부렸다.

아까와 비슷한 길이의 공백 후에 전원이 "범죄 도시⋯⋯?" 라고 묻고 조용해졌다. 1등 대리님은 대명사 기억을 잘 못 한다. 그때 점심 식사로 '브라더후드' 가는 날에 '네이버후드' 간다고 말하길래 놀렸는데 의외로 약간 삐쳐서 앞으론 조금만 놀려야겠다고 생각하고 있다.

퇴근하고 싶기도 하고, 그래도 모여서 같이 있으니 일하며 수다라도 떨지 싶기도 하다. 재미있는 영화 집중해서 푹 빠져서 보고 싶다. 그리고 영화 끝나고 재미있었다, 좋은 영화였! 뿌듯한 기분으로 아무것도 안 하고 자고 싶다.

#흥분은적당히 #비교금물 #대충말하면대충알아듣기

짧은 영화 이야기

보스가 팀원들에게 다 함께 '최근 개봉한 매우 재미없을 것 같은 퓨전 사극 영화'를 보자는 농담 20% + 진담 80%의 위험한 제안을 던지셨다. 이건 반응하는 순간 끝장이다. 틈을 보이면 안 된다. 우리는 약속한 듯 언제나처럼 모두 무응답 + 과도한 모니터 집중 응시로 대응했다. 이럴 때 우리 팀은 엄청나게 성실하고 업무에 몰두해 있는 것처럼 보인다. 보스는 이런 우리를 보고 살짝 쓸쓸한 기분으로 '바쁜 사람들에게 내가 무슨 제안을 한 거지 + 다들 일부러 바쁜 척 하는 거 아닌가' 사이에서 내적 갈등을 하고 있을 것이다.

조금 뒤 그 위험한 제안의 여운이 가실 무렵, 옥잠 차장님이 씨익 웃으면서 본인 핸드폰을 내밀었다. 화면을 보니 영화 평점 앱이 알려주는 '해당 영화에 대한 예상 평점'이 옥잠 차장님 1.1점, 난 1.4점. 어휴 봤으면 큰일 날뻔했네. 우리는 이 영화 예상 평점을 은근 신뢰하고 있다.

전 아직 5점 만점을 준 영화가 없습니다. 왠지 5점은 아껴놓고 싶은 것일지도.

#최고는아껴두기 #영화는따로 #퓨전사극공포

직장인의 동반자 위염

위염 때문에 어제오늘 밥도 못 먹고 기운 없다가 점심이 되어 죽을 좀 먹었다. 죽을 좋아하지는 않지만 난 어른이니까 몸을 위해서 죽을 택했다.

그리고 돌아와서 팀원들에게 평소같이 덕담 인사를 좀 해주었다. 기분 좋게 양치하러 가는데 뒤에서 피터 오빠랑 매너 과장님이 조용히 하는 대화를 난 분명 들었지.

"먹어서 살아난거죠?"

"그치? 오전에는 말 걸기도 무서웠어."

먹는 건 중요하지 말입니다. 티 난 건 좀 미안하고 머쓱하지만, 지금 닭강정에 돈가스 토핑 얹어 먹고 싶은 생각만 난다.

#미안#육식 #위염후폭식 #자연의섭리

단체 교육

회사 입사 동기들이 모여서 같이 받는 단체 교육.

교육 때 조금 졸다 정신 차려보니 왜인지 내가 막 웃으며 조는 중이었다. 민망해서 바로 표정을 정비하고, 누가 봤나 두리번거리다 왠지 계속 이런 나를 목격하고 있었을 것으로 추정되는 백오빠랑 눈이 마주쳤다. 백오빠가 모르는 척해주는 줄 알았는데 바로 동기 단체 카톡방에 '행복해 보인다.'라고 썼다. 주어는 차마 쓰지 않았지만, 주인공은 보나 마나 나겠지.

가끔 이런 단체 교육은 좀 쉬는 시간 같아서 좋다.

#몰래졸기 #행복해보여

오늘 가장 행복한 일

출근할 때에는 20층 직행 엘리베이터를 타고 20층까지 올라가서, 맞은 편 내려오는 엘리베이터로 갈아타서 15층 나의 목적지로 올 때가 많다. 그런데 항상 이 두 번째 내려오는 엘리베이터를 오래 기다리게 된다. 그래서 나는 20층에서 15층은 비상구로 걸어서 내려온다. 그렇게 하면 1층부터 15층까지 매층 서는 엘리베이터를 타고 올라갈 때보다 5분은 더 빠르다.

오늘 아침 회사에 도착해서 20층에 내리자마자, 마침 맞은 편에서 내려가는 엘리베이터 문이 천국의 문처럼 열리길래 기쁘게 탔다. 순간 나와 비슷한 층의 직원 누군가 내 뒤에서 큰소리로 "우와, 이게 아마 오늘 중 가장 행복한 일이겠지!" 하는데 나도 모르게 웃었다.

그리고 지금까지 그의 예언은 나에게도 맞게 적용되고 있습니다. 예언이 아니라 저주인가!?

#예언과저주 사이

무두절 1

덕 대리님께서 우연히 인기 검색어로 게임 디**로 3확장팩을 발견, 예약 특전을 보고 크나큰 사랑에 빠지셨다. 하지만 여자친구분을 떠올린 덕 대리님의 얼굴에는 곧 근심의 구름이 몰려왔다. "어떡하실 겁니까, 대리님" 하고 물으니 "일단 해봐야죠" 하며 겸허히 답하는 덕 대리님.

덕 대리님은 저쪽 분단에서 아기 재운 후 동참한다고 두근거리며 참가를 표명한 홍 과장님에게 "악마사냥꾼과 성기사는 있으니 야만용사가 좋겠습니다." 하고 직업을 하사하시고 번민을 깨끗이 접으셨다.

보스들이 없는 평화로운 아침의 풍경.

무두절(無頭節) 우두머리 보스들의 없는 날, 휴일을 제외한 직장인의 최대 축제일

#직업 #겸직 #결단력

다르다

다른 팀 과장님이 여행가야 되는데 돈 아까워서 스트레스를 받는다고 한탄하기 시작했다. 여행 가는 것보다 가방처럼 남는 걸 사는 게 훨씬 좋은데 자기 마음대로 안 된다고 신혼의 괴로움을 토로하셨다. 난 가방보다 여행 쪽이 돈도 안 아깝고 남는다고 생각하는 쪽이라 신기했다.

남자가 가방에 저런 시각을 가진 것이 은근 새롭게 느껴지는 걸 보니, 나도 어떤 식의 편견이 있나 보다. 나이를 먹을수록 나에 대해, 내 기준에 대해 옳다고, 당연하다고, 방심하지 말아야겠다는 생각이 든다.

사는 게 다들 다른 것이 정겹다. 아마 내일이 주말이라 너그러워진 거겠지.

#버라이어티 #주말전야 #관대력극대화 #편견이없다는편견

새 취미

새로운 운동 취미를 가져보고자 고등학교 친구 턱과 함께 클라이밍을 시작하기로 했다. 턱은 나와 비슷한 키지만, 몸에 비해 팔이 길어 리치가 좋고 홍삼을 먹고 다진 근육을 가지고 있는 멋진 친구다.

초보반은 같이 몸을 풀다가 한 사람씩 정해진 코스를 타는 걸 모두가 지켜보는 시스템이다. 내 클라이밍 첫 수업 후기는 이렇다.

1. oh! oh! 재미있다. 그리고 꽤 피곤해서 운동이 되는 것 같은 기분이라 뿌듯하다. 턱도 재미있다고 한다.

2. 난 내 기대치보다 잘 못 한다. 다음에 어떤 돌을 잡아야 할지 잘 못 찾겠다. 거기다 내가 제일 첫 번째 순서라 앞 사람 것을 보고 기억할 시간이 없었다는 게 변명이라면 변명이다. 이런 나를 턱은 격려해줬다.

– 턱: 모든 사람이 너를 응원했어

– 턱의 말대로라면 나를 응원했어야 하는 사람: 방금 웃기려고 그런 건 아니죠?

3. 다들 친절하고 매너가 좋다. 서로 응원하고 알려주고 박수도 쳐주고 한다. 나도 박수받고 싶다. 남자들끼리는 좀 경쟁하는 것 같이 느껴진다.

4. 내 옆의 애가 에이스가 될 것 같다. 그리고 내 옆에는 나와 함께 등록한 턱이 있다. 역시 홍삼의 힘은 대단하다. 현재 에이스도 여자분이시다. 초반에 여성이 더 잘하나 보다. 나만 빼고.

5. 오늘 거 목요일에 다시 한댔는데 나 어쩌지. 그날은 첫 번째 순서가 되지 않도록 조심해야겠다.

#취미 #응원의방식 #1번기피

주의합시다

회사에서 건너 건너 이름만 어렴풋이 아는 분에게 클라이밍에 대한 문의 메일이 왔다. 나는 내 주관적인 답변에 객관을 버무려 성실히 답장해드리며 '그런데 어떻게 제가 클라이밍 다니는 거 아셨어요?' 하고 가장 중요한 질문을 했다.

그분께서 대답하시길 얼마 전 회사 근처 카페에서 내가 동기에게 '클라이밍을 하다가 공중에서 다음에 잡을 홀더를 몰라서 손과 발이 꼬인 상태'를 재현하는 것을 봤는데 너무 인상적이어서 기억한다고 하셨다. 회사 근처 프랜차이즈 카페 같은 집결지에서는 얌전하게 있도록 주의해야겠다.

#적진 #방심금물

클라이밍 친구

일요일 + 비 중첩 데미지로 집이 먼 에이스 턱은 클라이밍 출석 포기를 선언하고, 나는 홀로 클라이밍장으로 향했다. 조심조심 벽을 타고 있는데 어떤 분께서 엄청 적극적으로 코치해주시고 웃어 주셔서 좀 친해졌다.

그리고 이게 아닌데 이게 아닌데 하다가 말도 못 하고 왠지 같이 분식집에 가서 모둠 만두, 모둠 김밥, 라면(운동 직후 왜죠.)을 먹었다. 집도 방향이 비슷해서 이 길이 아니라고 말도 못 하고 뺑 돌아서 같이 왔다. 마침 현금이 없어서 저녁값을 내가 좀 덜 내서, 담에 커피 사드리기로 했다. 처음 본 사람과 말하고 자주적으로 밥까지 먹었다. 난 좀 적극적인 사람에게 약한 것인가.

꽤 안타까운 것은 이분은 친오빠와 함께 등록했는데 다들 남편인 줄 알고 '부부'라고 부르고 있다고 억울해하셨다. 왜 부부끼리 따로 오냐는 물음을 많이 받으신다고 본인은 자기 오빠같이 생긴 사람과는 절대 사귈 생각이 없다며 묘한 포인트에서 호랑이같이 화내셨다. 그분은 화를 내시다 나와 길이 갈라질 때. 과식해서 좀 걸어야겠다고 갑자기 다른 쪽으로 홀연히 사라지셨다. 동네 친구에 목말라 있었는데 마성의 친화력을 가진 분과 동네 친구가 된 것 같아서 기쁘다.

#형제 #모둠분식 #건강한돼지되기

또 한 살

십 년 전에는 내 나이 서른 먹고 퇴근하며 SNS에 와플 먹은 자랑이나 하고, 내일 회사 시험에 마음은 불편하지만 결국 공부는 안 하고 데굴거리며 오디션 프로그램 투표나 하고, 주말 없는 출장에 일주일 전부터 일희일비(미리 일희일비해 봤자 나아지는 것도 없고, 피해갈 수 있는 것도 없는 걸 아는데 습관적으로 미리 일희일비하는 것을 자각하며)하며 살리라고는 생각하지 못했었다.

더 웃긴 것은 딱히 뭘 하겠다는 생각도 안 했던 듯. 한 달 후 또 나이나 먹겠네.

사는 게 이런 거 맞는지 모르겠다.

#다이런거겠지 #뭔가더있겠지

진정한 사과

장갑 끼고 주머니에서 핸드폰을 꺼내려다 손이 미끄러져서 핸드폰을 패기 넘치게 콘크리트 바닥에 날려버렸다. 핸드폰은 액정이 바닥 쪽으로 뒤집어져서 떨어졌다. 핸드폰을 들어 올려서 두근거리며 뒤집어 보니 액정에 금이 쩍쩍 가 있었다. 겨울이라고 핸드폰 액정에서 유릿가루가 눈처럼 날리네……. 아름다워. 아하하.

파손 보험 문의하러 통신사에 전화했는데 신호 가자마자 상대방이 너무 씩씩하게 받으셔서 뭐지 했는데 114 대신 112를 누른 것이었다.

최근 들어 누군가에게 가장 진심으로 사과한 이벤트.

#죄송합니다 #긍정회로

별걸 다 욕심

이때쯤 되면 뉴로맨서에서처럼 피부밑에 칩 하나 심어놓고 뇌로 직접 영화도 보고 음악도 듣고 맛도 보고 할 수 있을 줄 알았다. 하지만 어떤 분야는 너무 발전하지 않아서 여전히 비 오면 적당히 옷 일부는 비에 젖어가며 꿉꿉하게 우산을 쓰고 다니는 게 현실이다.

오감을 직접 느끼는 것도 행복이겠지만 눈을 감고 책이나 영화를 보고 싶을 때도 있고, 더욱 공감각적인 느낌이 필요할 때도 있는데.

입으로 듣고 눈을 감고 보고 싶은 욕심이 있다. 이런 말을 하면 별걸 다 욕심 부린다고 하는데 솔직히 말해서 안 될 이유도 없지 뭐.

#안될것도없지 #바라도되지

안부 인사

회사를 이동한 선배님께 연락이 왔다.

'사람들이 내복 얘기하는데 생각나서 연락했어요. 이제 슬슬 껴입기 시작할 때네요.'

그러니까 누군가는 내복 같은 걸 보면 내 생각이 나는 거네.

나는 추위를 엄청나게 탄다. 겨울에는 내복을 두 개씩 겹쳐 입고 그 위에다가 또 껴입고 다닌다. 겨울에 너무 추우면 이성이 강제 종료되는 느낌이다. 나중에 돈 많이 벌면 남쪽에 섬 사고 싶다. (이 대사는 태어난 이래 계속 하고 있다.)

섬 사면 맨날 해변에서 음악 틀어놓고 고기 구워 먹어야지.

#뚜렷한4계보다봄가을선호 #사심섞인목표

새해

연말 특유의 흥청거리고, 의미 있어야만 할 것만 같고, 유종의 미를 거둬야만 할 것 같은 분위기가 성가셨는데 새해가 되니 홀가분해서 좋다.

일단 뭔가를 살 때나 택시에서 내릴 때 웃으며 '새해 복 많이 받으세요.' 하면 상대방도 무조건 기분 좋게 웃어준다. 웃음에 들어 있는 의도 없는 선함에 마음이 따듯해진다.

그 순간은 내 앞 사람이 엄청 행복했으면 좋겠단 생각이 든다.

모두들 새해 복 많이 받으세요. 항상 새해 첫날 같은 새 기분으로 좋은 일 많이 있길!

#매일매일이새날 #NewDay

어느 퇴근길

붕어빵 파시는 할아버지가 하얀 개를 빗자루로 쫓아내고 계셨다. 돌돌이도 생각나고 쫓겨나는 개의 마른 뒷모습에 가슴이 아팠다. 편의점으로 뛰어가서 (난 웬만하면 잘 안 뛴다) 적절한게 없길래 빵을 사 왔다. 주변 탐사 끝에 과일 집 앞에서 하이에나처럼 서 있는 개를 발견했다. 개에게 선심 써서 강아지라 고 불러주며 빵을 권했는데, 냄새만 쿵쿵 맡더니 그냥 갔다. 그 순간 갑자기, 왜, 인제야, 주인이 나타나더니 "어머 어째, 얘가 까다로워서 고기 아니면 안 먹어요." 하고 하얀 개와 함께 사이좋게 집으로 갔다.

주인 있는 건 너무 잘됐지만 네가 마른 건 그런 이유였니……..

+ 개 목줄 좀 꼭 해주세요.

#육식동지 #목줄필수

라이프 스타일

최근 파트에 합류한 새 팀원이 맥주 한잔하더니, 적응하며 깨달은 우리의 최악의 포인트를 말해줬다.

매너 과장님의 고집, 피터 오빠의 건강, 케빈 대리님의 웃는 타이밍, 다나까 후배의 대뱃살, 그리고 내 라이프 스타일이란다. 저걸 다 모아놓으면 최악의 완전체가 될 수 있다며 신나 하며 얘기했다. 꽤 직관적으로 잘 파악했는걸.

늦게 자고 회사에서 졸려 할 수 있는 비결에 대해 문의받습니다.

#대뱃살 #사람나름

Dirty dream # 1 (Belle and Sebastian을 기리며)

사무실에 온돌 출장실이 생겼다. 내가 그렇게나 바라던 것이다.

그리고 내 직무가 '출장인'으로 바뀌었다. 주요 업무는 출장실을 지키는 것이었다. 나는 온돌 출장실에서 온종일 진짜 신나는 기분으로 잤다. 이 모든 과정이 꿈인 줄 알며 꿈을 꾸는데, 꿈에서도 너무 행복했다.

눈뜨니 아침 7시 15분이고 이미 지각인 것이 꿈보다 차라리 더 꿈같아.

#8시출근인데 #꿈보다꿈같은

너에게 재미있는 것

누군가에게 뭐 재미있는 거 없냐고 물었을 때의 답에서 나와 그 사람이 공유하고 있는 세계를 집약한 관계성이 보인다.

궁금해서 팀원들에게 물어봤더니 새로 런칭한 향수, 만화, 내년 할로윈 파티, 출근 BGM, 연애, 본인 여행 얘기, 재미있다는 정의가 뭐야? 하고 되묻는 사람. 다들 다르다.

어떤 사람이 소중한 거랑 그 관계가 소중한 거랑은 시작은 좀 다를 수도 있을 것 같다. 하지만 사이가 오래 유지되려면 결국 그 둘은 하나로 수렴하겠지.

소중한 사람들의 '재미있는 것'에 대하여 항상 많이 많이 알고 싶다.

#각자의소중 #너와의소중

편견

자리에 둔 사탕이 없어졌길래 내 펜을 매우, 자주, 베리머취 갖다 쓰는 분 책상을 봤다. 꽤 선배인 그분이 악의 없이 너무 내 펜을 자주 가져다 써서 나는 최근 펜을 다 분홍색 캐릭터로 바꾸었고 더 이상 펜이 없어지는 일은 생기지 않았다.

그 선배님 책상을 보니 역시나 내 사탕 용기가 있었다. 그냥 두려다 영 달달한 것이 필요해서 회수해왔다. 열어보니 달랑 두 알이 남아있길래, 이 모든 과정을 다 지켜본, 그 선배 자리를 찾아보라고 충고도 해준 덕 대리님과 하나씩 입에 넣었다.

입에 넣은 동시에 둘 다 "으 눅눅해……." 하고 사탕을 뱉었다.

멀쩡했는데 이 정도로 눅눅히 만들다니 어울리지만 신기한 능력이라는 기분도 들고, 찝찝한 기분으로 다시 업무를 재개하려던 차였다. 컴퓨터 모니터 뒤에서 내 사탕 용기가 나왔다. 속단했습니다.

선배님에게 죄송해서 오후에 좋아하는 과자 사드렸다. 두 알이니까 두 봉지!

#사탕에는과자 #선입견 #속단

자가 치유

하루 전에 해외 출장 스케줄을 밀어 넣어서 휴 이제 막 던지네 하고 짐을 싸던 중 인터넷 면세점을 보며 약간 마음이 풀렸다. 이번 주도 길고 피곤할 것 같은 예감이 들지만, 면세점 장바구니를 보며 부정해본다.

#돈쓰는기쁨 #통장에스치는돈

화해

Hell로우 War요일……

회사에서 지겨울 때는 다른 사람들에게 미묘한 칭찬을 해주면 기분이 조금 좋아질 때가 있다. 포인트는 미묘해야 한다. 누가 봐도 칭찬인 부분을 칭찬하는 것에는 의미가 없다. 칭찬하기 애매한 것을 칭찬으로 아름답게 승화시켜야 서로에 대한 아름다운 기억이 생기는 것이다.

주위를 둘러보니 마침 좋은 대상이 있었다. 앞머리를 짧게 일자로 자르고 (미용사 분이 실수하신 것 같다.) 늦봄 미나리색 카디건을 입고 온 옥잠 차장님께 스트리트파이터 가일보다 박력 있는 느낌이라고 잔뜩 칭찬해드리는 중이었다. 목소리 볼륨 디폴트 세팅이 다른 사람 4배 정도 큰 1등 대리님이 "가일은 무슨 가일이야. 개화기 사기꾼 같구면." 하고 너무 큰 혼잣말을 했다. 내가 웃음을 못 참고 얼굴을 돌려버리자 옥잠 차장님은 의외로 풀이 죽었다. 옥잠 차장님도 머리랑 옷 마음에 안 드셨구나…….

둘이 저녁 먹으러 갔으니 러브러브 화해하겠지?!

#칼로물베기 #진심과화해

변론을 하자면

할까 말까 고민되고 어떤 선택을 해도 일정 부분의 후회를 감수해야 하는 상황이 있다.

이런 경우 나는 하는 쪽이 나중에 후회를 덜 하는 성향이구나 하고 Bem의 자기지각이론을 빌어 깨달았다. 그게 '말'일 경우에는 고민이 될 정도면 안 하며 살았다. 하지만 요즘은 정책을 약간 바꾸어서 좋은 말이나 표현은 하려고 노력 중이다. 결과물은 가족 채팅방에 알라뷰(쑥스러워서 사랑해요라고는 아직 어렵다) 남발 정도로 발현되고 있다. 다른 사람들한테는 역시 말하기 힘들 때가 많다. 솔직하게 칭찬하고 표현하는 것도 능력인 것 같다.

그런데 또 가만히 보니 열 번에 한 번 정도 귀찮아서 하기 싫어질 때 안 하는 것은 엄청난 만족감을 주는 것 같다.

그러니까 결론은

누군가 내가 게으름 피우는 것을 목격하게 되면 '지금이 쟤의 열 번에 한 번 이구나'하고 이해해주길 찡긋.

–나의 안 함과 게으름에 대한 변론–

#결론은내맘 #하는게낫다

관심사

역시 사람 눈에는 관심 있는 것부터 들어오는 것 같다. 아침에 덕 대리님이 회사 뉴스 관련 메일을 전달해줬다. 이분이 전날 밤의 아이템 조합에 관한 얘기가 아니라 회사 뉴스를 나에게 주다니……. 놀라서 메일을 읽던 중에 '아나운서 양복이 예쁘다.' 라는 내용의 본문을 읽고 엄청 웃었다.

내가 마음에 드는 운동화 사이즈 고민하니 왜 여성 운동화를 이렇게 자세히 알고 있는지 의문이지만, 다양한 색과 사이즈가 있는 사이트도 알려주셨다.

주변에 관심사가 다양한 사람들이 재미있고 흥미로운 관심사를 전파해 주는 것은 참 좋다. 나도 주변 사람들에게 그런 재미있는 사람이 되고 싶다.

#다양함 #개성 #취존

우주, 로맨틱, 성공적

회식 여파로 이른 저녁부터 자다 깨서 거실로 나오니 드물게도 낙타가 TV에 다큐멘터리를 틀어놨다. 과학자들이 눈을 반짝이며 엄청나게 두근거리는 말들을 한다.

"지금 저 별이 제 눈에 쏘는 광자는 진짜니까요." 란다.

우주 다큐멘터리는 왜 이렇게 로맨틱할까. 이유가 무엇일까.

막히는 길 이리저리 치이는 출퇴근, 무엇이 적절하고 좋은지가 아니라 무엇이 더 월급 주는 사람들 마음에 들지에 대해서 며칠간 하는 탁상공론, 이사 고민, 카드값, 식사 고민, 시끄러운 정치, 책임감 없는 연애, 층간 소음, 모기, 코로나, 거짓말 이런 것과는 전혀 상관없는 영역이라서 그럴까.

예쁘고 반짝반짝하고 누구나 공평하게 비슷한 정도로만 눈에 담을 수 있는 우주. 지금 내가 보는 빛이 이 모든 성가신 현실과는 상관없는 시기에 생긴 것이라는 것도 좋다.

우주 다큐멘터리도 봤겠다, 내일은 좀 더 로맨틱하고 성공적이면 좋겠다.

#초월우주 #현실

한겨울

오늘도 너무 추워서 패딩 두 개, 바지 두 개 입고 뒤뚱거리며 걸어가는데 전단지 아르바이 하시는 할머니께서 몇 장 안 남은 전단지를 들고 가게 이름을 외치고 계셨다. 전단지를 나에게 주시면 받을 텐데 주지 않으셨다. 지나쳐 걸어가다 아무래도 추운 날씨에 계속 서 계시는 게 마음에 걸려서 다시 돌아갔다. 할머니께 "안녕하세요, 저도 전단지 받아 갈게요!" 했더니 할머니께서는 주시기 싫어하시며 "사실 시간은 좀 더 남았는데 전단지 다시 가지러 가기 귀찮아서 이 전단지로 버텨야 해."라고 알려주셨다. 할머니 나름의 아르바이트 사정이 있으셨던 것이다. 귀여우셔서 한참 웃었다. 얼른 마치시고 따스운 곳에서 몸 녹이시면 좋겠다.

나는 할머니와 헤어지고 낙타와의 TV 시청을 위해 군고구마를 샀다. 겨울은 나와 낙타가 살찌는 계절이니까.

#4계절이살찌는계절 #제철음식 #요령

알아보기 힘든 한국어

한국어를 잊어가는 과거 한국 유학생, 일본인 O 군이 오늘 '네 SNS 글은 알아보기 힘들어서 한국어 공부가 돼.'라는 메시지를 보내왔다. 내용은 영양가 없을 터인데.

+ 앞으로 띄어쓰기를 좀 더 잘해야겠다고 생각했습니다.

#뜻밖의긍정#뜻밖의도움 #내용은무관

그건 버렸습니다

요즘 투덜 지수가 높아진 다나까 후배.

팀 컴퓨터 보안 필름을 주문하려는데 모니터에 맞는 사이즈의 보안 필름을 파는 브랜드가 다 생소해서 우선 실험적으로 다나까 후배의 보안 필름만 주문하기로 했다. 그런데 오늘 다나까 후배가 자리에서 중얼거리며 하나도 보안 효과 없다길래 생소한 브랜드라 필름 품질이 안좋은가하고 다나까 후배 자리에 가서 모니터를 봤다.

아……. 다나까 후배의 모니터를 보니 보안 필름이 아니라 보안 필름을 포장한 '얇고 파란 비닐 필름'을 화면에 애처롭게 파닥파닥 붙여둔 것이다.

그 얇고 붙이기 힘든 것을 어쩌다 모니터에 붙일 생각을 했을까. 이름이 보안 '필름'이라 가장 필름다운 것을 붙여본 것일까. 왜 다른 사람들 모니터를 참고로 하지 않은 것일까…… 보안이 문제가 아니라 모니터가 안 보였을 텐데? 너무 많은 의문이 동시에 몰려와서 하나도 입 밖으로 내어 물어볼 수가 없었다. 다들 모여서 구경하며 흐느끼며 웃었다. 옥잠 차장님은 너무 웃어서 토할 뻔했다.

진짜 필름은 어디에 뒀냐고 하니까 다나까 후배는 여전히 뭔가에 불만스러운 얼굴로 답했다. "그건 버렸습니다……." 이 상황에서도 다나까는 고수하는 구나.

#전설제조기 #불만

출장 1

　중동으로 출장을 가면 여성은 입국할 때 보안 검사를 '별도의 방'에서 따로 받는다. '별도의 방'에서 보안 검사를 마치고 밖에 나오자, 진짜 여성 경찰이 있는지 궁금하셨던 부장님과 차장님이 얼른얼른 저 안에서 일어난 일을 전부 말해달라고 궁금해하셨다. 지금까지는 여성이 출장 온 적이 거의 없었나 보다.

　그 '별도의 방'에는 갈색 아바야를 입은 여성 경찰이 있었다.

　경찰 : "필리핀??"

　나 : "...코리아" 여성 경찰은 의미심장하게 웃더니

　경찰 : "사우스? or 노스?"

　나 : "...사우스"

　이게 그 '별도의 방'에서 있었던 일의 전부다. 가끔 외국인으로 오해받는데 갈수록 국적이 다양해진다. 짧고도 길었던 일정 내내 윈도우 기본 테마처럼 파란 하늘색이 인상 깊었다.

　#사우스코리아 #플리즈

출장 2

팀원들이 자꾸 '출장 가서 위험하지는 않았니, 사람들이 마구 쳐다보진 않았니.' 물어본다. 딱히 위험하지 않았고, 하나도 안 쳐다봤다고 있는 대로 답하니 은근 다들 실망해서 괜히 미안해졌다.

팀장님과 상무님도 "거봐, 편견이라니까."라고 말은 하시면서도 약간 김빠진 표정이다. 제가 대형 모험을 하고 돌아오지 못해서 죄송합니다.

같은 시기에 베트남으로 출장 간 회사의 대세남 매너 과장님은 출장에 가죽 재킷과 화려한 신발을 가져가길래 공항에서 한류스타라고 놀렸다. 아직 베트남에서 돌아오지 않은 과장님에게 '거긴 어때요? (=일은 어때요?)' 라고 메신저로 물었더니 '생각보다 반응은 낫배드 ㅋㅋㅋㅋㅋ' 라며 'ㅋ'을 한없이 찍은 답장이 왔다.

아니 도대체 출장 가서 가죽 재킷으로 뭘 하고 있길래 반응이 낫배드인거고, 왜 '어때'의 주어가 일이 아니라 가죽 재킷인거지.

#주어혼동#뭐가낫배드 #누구의반응 #출장의목적

출장 준비

하루짜리 출장 짐 싸며 항상 생각하는 건데 나는 왜 그 몇 시간 동안 필요한 게 이렇게 많아야 하는 걸까. 지구를 너무 괴롭히는 사람이 아닐까 자아 성찰하게 된다. 결국, 하루짜리 출장이나 3일짜리 출장이나 싸는 짐은 비슷하다.

짐을 싸다가 문득 든 생각인데 나의 소중한 게으름을 마음껏 표출하고 싶은 희망이 있다. 원래 짐이란 싸면서 별별 생각 다 드는 법 아니겠는가.

#사색도구 #짐싸기 #사색타임

책

편애에 대한 책을 읽었다. 왜 이 당연한 걸 책으로 썼지 하고 읽었는데 편애는 인간 본성이니 부정하지 말고 받아들이라는 내용이었다. 본성이라고까지 해주니까 마음이 편하네?!

나는 내가 사람도 가리고, 낯도 가리고, 편애하는 본성에 너무 충실한 걸 자신도 알아서 가끔 반성해왔다. (개선은 없고 반성만 종종 했다.)

책을 읽으니 이런 내 특성을 겸허히 받아들이고 대신 편애 대상을 부끄러워하지 말고 마음껏 편애해서 사랑하면 되지 싶다. 어떻게 모든 사람에게 다 잘 해줘. 결국, 이렇게 자기 위안을 돕는 좋은 책이다. 후기 끝!

#본성 #내맘

위로 잘하기

누군가를 적절하게 위로하기는 쉽지 않다. 잘 위로하고 싶은 경우에도 어떻게 위로해야 할지 몰라서 쩔쩔매는 경우가 많았다. 좋은 위로의 조건에 대해서 지극히 주관적으로 다음과 같이 분류해서 고민을 시작해보고 싶다.

1) 감정을 이해하고 공감을 표현하는 것. 2) 대안이나 해결책을 제시해 주는 것,

감정을 이해해주고 공감하는 것은 좋은 위로에 있어서 필수적일 것이다. 하지만 여기에 '표현'까지 들어가면 참 어려워진다. 표현 방법이 잘못되면 진심이 결여된 영혼 없는 위로로 느껴질 수 있다. 상대방의 감정에 대한 이해를 잘하지 못해서 표현의 포인트가 삐끗하면, 무책임하고 성의 없는 위로로 느껴질 수도 있다. 이런 위로를 듣고, 오히려 '내가 상대방에게 부담스럽게 나를 위로해야 하는 처지를 강요했구나.' 싶어 얼른 입을 닫게 될 때도 있었다. 하지만 보통 상대방에게 그 정도 수준의 깊은 공감까지는 바라지 않는 경우가 많아 의도는 좋겠거니 할 때가 많다. 따뜻한 마음이 어느 정도 전달된다면 괜찮은 위로일 것이다.

하지만 공감을 표현하는 것보다 더 위로를 잘하고 싶다는 생각이 강렬하게 든다. 이해하고 공감하는 것은 위로의 최소한의 조건이니까 뭔가 더 있지 않을까. 왜 항상 위로하고 싶은 위치에 서면, 마음은 한가득인데 말문은 막힐까. 그래서 생각해본 것이 조금 더 현실적으로 해결책을 제시하는 것이다.

해결책을 제시하는 것은 해결책이 효과만 있다면 장기적이고 궁극적인 의미에서 참 좋은 위로가 될 것이다. 실제로 이 방법은 내가 중학생 정도까지는 꽤 효과가 있었다. 그 당시에는 현실적이지만 어느 정도 통제나 해결이 가능한 '문제' 때문에 위로가 필요했고, 그 '문제'만 사라지면 더는 나나 주변 친구들은 위로가 필요한 사람이 아니게 되었으니 말이다.

하지만 성인이 되어서 상황에 대한 해결책을 제시하는 방법으로 위로하는 것은 거의 한계가 있었다. 일단 위로가 필요한 사람이 자기 선에서 해볼 수 있을 만큼 해본 경우가 많다. 조금 전 그 문제를 공유받고 그 자리에서 생각나는 것을 이야기하는 사람보다 아무래도 고민을 하는 당사자가 더 깊고 오래 고민했기 마련이다. 누군가 어쩌면 다소 즉흥적이고 직관적으로 제시하는 해결책은 이미 본인 안에서 어느 정도 검토가 되었던 경우가 많다. 위로가 필요한 사람은 그 해결책이 궁극적인 방법이 아니라고 생각하기 때문에 안 하거나, 또는 하기 어려운 경우가 많아 아직까지 고통스러워하고 있는 것이다.

해결책에 대한 판단 기준이나 배경지식이 지극히 주관적인 것도 해결책을 제시하는 위로가 가지고 있는 리스크이다. 실제로는 하지 않았던 말이라지만 마리 앙투아네트의 '빵이 없으면 과자를 먹으면 되지요.'를 위로로 보자면, 이런 기준에 의한 위로였지 싶다.

위로가 필요한 사람에게 '해결책을 제시하는 것' 자체가 본질과 완전히 어긋나 있을 때가 많은 것 또한 이 위로의 약점이다. 위로가 필요한 사람이 해결책을 원한다면 애초부터 문제를 공유하며 논의하는 보다 상담 같은 형식으로 이야기를 시작했을 것이다.

참 아이러니하게도 위로가 필요한 사람의 마음을 이해하고 토닥토닥하고 여기까지는 분위기가 좋다가 해결책을 제시하는 순간 이 좋은 분위기가 와장창 깨질 때도 있다. 이런 것을 볼 때, 특히 어른들에게는 단순히 '따뜻한 말'이 필요한 것 같기도 하다.

위로가 필요한 사람에게 따뜻한 말이나 공감을 표현하지 않고, 바로 해결책으로 넘어가면 더 어려워진다. 기껏 제시한 해결책이 당사자에게 그다지 실효성 없는 잔소리처럼 다가가거나 왜 이런 것을 안 해봤냐는 공격처럼 들릴 수 있기 때문이다. 위로가 필요한 사람 입장에서는 변명하기에도 구차하고, 나름의 이유나 사정을 이야기해 봤자 그 또한 주관적이라 그다지 설득력이 없을 것을 아니까 마음만 답답하다.

돕고 싶은 마음에 해결책을 제시한 사람에게는 위로가 필요한 사람이 하는 말이 이해할 수 없는 변명이나 자기방어로 들릴 수도 있다. 해보지도 않고 안 된다고만 하고, 이 사람이 이렇게 부정적이고 회피만 하니 이런 '위로가 필요한 상황'이 일어난 거라고까지 생각하게 된다.

위로가 필요한 상대와 마주한 상황이 본인 의지와 관계없이 일어났다면, 그 상황이 번거롭고 공감이 어려울 수 있다. 사람인데 당연하다. 하지만 이런 자신의 마음을 그대로 인정하고 표출하면 본인이 냉정한 사람이 되어 마음 한구석이 찝찝해지기 마련이다. 이것도 당연하다. 그래서 본인에 대해 의식적으로건 무의식적으로건 '감정에 빠지지 않고 이성적으로 판단해서 상대방을 위한 도움 되는 이야기를 한다'고 방어벽을 세우게 된다.

서로가 서로에게 방어적으로 되는 이 과정에서 위로가 필요한 사람도, 위로

하려던 사람도, 상대방에게 섭섭해지고 제대로 이해받지 못한다는 기분이 든다. 위로가 필요한 사람은 힘든 마음이 더 힘들어지고, 위로하려던 사람은 시간과 에너지를 써서 조언했는데 조언이 무시당한 기분이 들고, 더불어 궁색하게 느껴지는 변명이나 듣는 답답한 상황이 된다. '기껏 조언해줬는데, 안 하는 건 너야. 듣는 것도 스트레스니 앞으로 나에게 이 얘기는 꺼내지 마.' 하고 위로에서 태세 전환하여 거꾸로 화를 내고 서로 다투는 상황이 벌어지기도 한다.

위로가 필요한 사람을 앞에 두고 화제를 다른 데로 옮기는 경우도 봤다. 이것이야말로 '너의 그 문제에는 관심 없다.'나 '너의 문제와 얽히고 싶지 않다.'를 표현하는 가장 좋은 방법이라고 생각한다. 그런 사람에게는 좋고 즐거운 이야기만 나눠야 하는 사이구나 하고 선이 그어진다. 나에게 기대치가 그 정도인 사람이고, 나에게 혹시나 안 좋은 일이 생기면 언제라도 나를 떠날 사람이겠지.

사람의 문제는 단순하지 않다. 살다 보니 내 힘으로 해결할 수 없는 문제로 인해서 기분이 엄청나게 침울해지는 경우도 있다. 이런 경우 '공감 표현' 방법을 사용해도 머릿속에는 '해결되지 않은 문제' 칸에 계속 빨간 불이 켜져 있어 기분이 크게 나아지지 않는다. '해결책 제시'는 당사자가 해결할 수 없는 문제인 경우가 많아, 원천적으로 통하지 않을 때가 많다. 어른인 내가, 그리고 주변이 마주하는 위로가 필요한 상황은 대부분 이렇게 스스로 해결할 수 없지만, 실질적 해결책은 필요한 상황에 해당하는 것이 많다. 그래서 누군가를 잘 위로하기 어렵다. 위로의 힘은 대단하다. 좋은 위로는 말할 수 없이 큰 힘이 되고, 용기가 된다. 어떤 사람의 일상은 필요한 때에 너무나 적절히 존재했던 위로만으로 지탱되기도 한다. 그래서 더욱 소중한 사람을 잘 위로하고 싶다.

위로가 필요한 사람을 이해하고 공감대를 표현하고, 필요한 이야기까지 적절히 해주는 것까지 성공했다면 좋은 위로를 했다고 할 수 있지 않을까? 따뜻한 핫초코를 주고 이런저런 것을 듣고 물어본다거나, 단편적인 해결책만 던지지 말고 상대방의 생각도 잘 듣는다거나, 안아준다거나, 손을 잡는다거나. 내가 이런 위로를 받는다면 좋을 것 같긴 하다. 하지만 다른 뭔가 더 없을까. 고민하다 갑자기 내가 받은 최고의 위로가 생각났다.

대학교 친구인 이너네셔널은 마음이 힘들었을 때마다 도와준 친구다. 엄마가 편찮으실 때 속상해서 틀어박혀 있는 나를 끌고 다니며 고기를 먹이고 햇빛과 바람을 쏘였다. 언제던가, 내가 혼자 해결할 수 없는 문제인데 속은 잔뜩 상해서 마음 앓이를 하고 있을 때였다. 이너네셔널이 진심을 담아 속삭이듯 말했다.

"어떻게 하고 싶은지 말해봐. 그것이 무엇이건 완벽하게 도와줄게."

이 말은 듣고 내가 얼마나 든든했는지, 기뻤는지, 안심되었는지, 힘이 났는지 이너네셔널은 모를 것이다. 이너네셔널은 판단하거나 방관하는 외부인으로 나를 대한 것이 아니라 온전히 나와 함께 했다. 나의 행복을 적극적으로 돕고 싶어 하고, 내 행복에 대해서 함께 책임지고 싶어 했다. 관찰자도 방관자도 조언자도 아닌 함께 하는 사람이었다.

동시에 내가 크게 실패했던 위로가 떠올랐다. 난 상대방을 누구보다 더 위로하고 싶었는데, 어설프게 위로하는 것은 안 좋을 것이라고 판단했다. 그래서 그 어떤 위로도 하지 못했다. 오히려 일부러 평소와 같이 더 밝고 더 신나게 대했다. 하지만 막상 내가 위로 필요한 상황에서 누군가가 나에게 그렇게 대했을 때, 내가 느낀 것은 극심한 분리감과 외로움이었다. 이 감정을 실제로 느끼고 나서야, 내 어설프고 미숙한 배려에 그 사람이 얼마나 고독했을지 생각하고 한참 마음이 아팠다. 난 위로하고 싶었던 사람의 마음과 같이 있지 못했다.

좋은 위로는 이런 마음이 전달되면 되지 싶다. '난 네가 행복하길 바라.', '너를 응원해, 너를 이해해, 너를 지지해.' 그리고 좋은 위로의 한 방은 이것으로 하고 싶다. 이 모든 과정에서 '나는 계속 네 곁에 있어.'.

사람은 사람에 대해 계속 판단을 해야지 조건 없이 대하는 것은 옳지 않다고, 위험하고 나약하다고 하는 사람도 있다. 하지만 조건이 없는 것도 세상에는 존재한다. 드무니까 소중한 것이다. 그래서 엄청난 사랑인 것 같기도 하다.

적어도 소중한 사람들은 조건 없이 잘 위로할 수 있는 사람이 되고 싶다. 다음번에는 꼭 곁을 지키며. 또 서툴 수 있겠지만 그런 서툰 나까지 위로하며.

-위로가 필요한 밤, 이너네셔널을 떠올리며-

#위로 #계속곁에있어 #조건 #분리감 #공동책임

다나까의 말로

"제가 제 우산 어디에 났습니까?"

다나까 후배가 '다나까'를 고수하고 있는 것은 좋다 치고, '내 우산 보셨습니까?'를 너무 어렵게 얘기하는 것 같은데, 과연 기분 탓일까?

#기분탓아님

오기의 매력

얼마 전 전직원에게 공지 메일을 보내며 제목에 'x월x일 限'을 쓴다는 게 '恨'으로 한 많아 보이게 잘 못 썼다. 오늘은 또 메일에 wrap up을 warp up으로 내보냈다. 어디론가 워프하고 싶은 심정이긴 했지.
저 정도면 오타가 아니라 오기(誤記)다.
오기가 무식해 보이는 매력 ^^. 나는 오기까지 매력 있네!

#기적의논리 #매력 #사실은본심

단체 사색

회의 중 쉬는 시간에 '앞으로 대략 지금까지의 두 배는 더 살 텐데 어떻게 하면 잘살까.' 주제로 팀 단체 사색을 했다. 어떤 책에서 인류는 몇 명에 의해 전체가 크게 점프업해가며 진화한다고 했는데 나도 대략 동감하는 바이다.

보니까 난 그 인류적 점프를 촉발하는 몇 명은 아닌 것 같고, 큰 업적을 남길 기미도 지금으로서는 없다. 그냥 내가 살고 싶은 대로 즐겁게 사는 것이 최선인 것 같다. 잘 산다는 기준도 모호하다. 내가 만족하는 삶이면 되겠지. 내가 행복해야 가족도 궁극적으로 행복한 것 아닐까.

스스로 행복한 것도 대승적으로 인류애니까 내가 재미있게 하고 싶은 것 하며 살면 되겠지. 앞으로 '지금까지의 두 배'라고 하니 엄청 많이 남은 것 같으면서도 벌써 이만큼 살았나 기분이 묘하다.

단체 사색의 결론은 이상한 데로 흘러서 작년 사내 출력을 가장 많이 한 십위권 내에 우리 팀 전원이 있을 것이라는 정리되었다. 고생한다, 우리 팀.

#결론없음 #그냥하고싶은것하자

너보다도요

이전에 우리 팀에서 아르바이트를 했던 능숙한 아르바이트생 사슴씨가 다시 와서 팀에 나 말고 여성분이 생겨서 너무 좋다. 좋은 냄새가 폴폴 난다.

사슴씨가 싹싹하게 보스 챙기는 거 보고 덕 대리님이 메신저로 '사슴씨가 저보다 나은 것 같아요.' 하길래 '저보다도요.' 한다는 것이 오타 나서 '너보다도요.'라고 했는데 알아듣겠지 하고 굳이 정정하지 않았다.

조금 뒤 덕 대리님이 1등 대리님한테 본인 여동생을 묘사하는 것을 얼핏 들었다.

"완전 페인이에요. (내 쪽을 살짝 가리키며) 과장님 같아요."

함무라비 법전 같은 곳이여. 눈에는 눈, 이에는 이. 언젠가는 이런 정겨운 디스가 그리울 날이 오겠지.

#전장 #전우인줄알았는데적

본인다움

간절했던 솔로 탈출에 성공하자마자 태세 전환해서, 밤마다 여자 친구에게 전화 해주기(전화'하기' 아님) 너무 귀찮다는 등 망언을 해서 중간 보스에게 "쟨 나쁜 남자가 아니라 그냥 나쁜 놈이야!"란 명언을 생산하게 한 다나까 후배.

다나까 후배에게 매너 과장님이 '당신은 일요일부터 해외자회사 파견'이라며 근거 없는 거짓말을 했다. 다나까 후배의 근거 없는 고자세가 내심 거슬렸던 팀원들도 다 매너 과장님의 바람잡이에 동참했다.

어렵게 사귄 여자 친구와 떨어져 지낼 것이 내심 걱정되었던지 다나까 후배는 중간 보스에게 굳이 "진짜입니까?" 하고 물어보는 돌발 행동을 했다. 중간 보스는 애들이 장난친 거라고 하면 되는데 진심으로 화를 냈다. "야 너 거기가 어떤 덴지 알아? 거긴 네가 간다고 해결되는 데가 아니야!!" 라고 소리 중간 보스가 소리지르자 다나까 후배는 무참히 찌그러져서 자리로 돌아갔다.

본전도 못 찾을 것을 알면서 굳이 그걸 물어본 다나까 후배도 너무 평소의 다나까 후배다웠고, 모든 과정을 다 지켜보았으니 장난이라고 하면 되는데 버럭버럭 화를 낸 중간 보스도 너무 평소의 중간 보스다웠다.

둘 다 너무 본인다워서 나머지 사람들과 좀 짠해하며 조용히 웃다가 팀장님께 순진한 후배 놀린다고 혼났다.

#방관유죄

인정 욕구

옥잠 차장님이 다급히 불러서 회의실로 들어갔다. 들어갔더니 1등 대리님과 매너 과장님이 앉아있었다. 옥잠 차장님은 두 사람에게 빨리 좀 전 상황을 재현해보라며 성화였다.

엄숙히 참관하고 '웃김'을 인정해주고 나왔다.

요즘 뭔가 웃긴 건 내 인정을 받고 싶어들 하는 것 같은데, 드디어 내 품격 높은 유머 감각이 인정받나 봐.

#판단자 #고품격 #우아 #뿌듯

여름

어렸을 때부터 여름을 좋아하던 사람인 나는 다음과 같은 이유를 들어 여름 편을 들어보고자 한다.

해 넘어갈 때의 긴 그림자, 따뜻함, 파란 하늘과 하얀 구름, 어디든 동네 차림으로 갈 수 있는 자유로움, 가벼운 반팔 티셔츠, 맨발, 야외 놀이, 수박, 밤공기, 벌레 소리, 밤 냄새, 퇴근 후에도 떠 있는 해, 밀도 높은 초저녁 공기, 여름 노래, 여름 영화, 아이스 아메리카노, 창문 바람, 남색 밤, 팥빙수, 바다에 발 담그기, 무고함, 눈부심

#알아주세요 #여름매력 #홍보

떠나고 싶다

아프리카에 주재원 가신 예전 팀 선배님이 잠시 귀국하셨길래, 엘리베이터에서 "여름 휴가 때 아프리카 가고 싶은데요, 나미비아나 세렝게티나……." 하며 초등학생이 장래 희망 얘기하듯 얘기를 나누던 중이었다. 뒤에서 피터 오빠랑 중간 보스가 "이 여름이 끝나고 팀원 하나가 줄어있으면 어쩌지." 하

고 얘기 하는걸 들었다.

아무래도 내가 여행 가서 눌러살까 봐 그러나 싶다. 이전부터 계속 '얘는 갑자기 획 하고 없어질 것 같아.'라는 얘기를 자주 하셨지. 현실은 월급의 노예이고요. 여행 가고 싶어서 계속 드릉드릉한다.

#꿈은꿔도되는거잖아요 #아...코로나

이른 기상

아침 5시에 엉겁결에 눈이 떠졌다.

잘 때야 졸릴 때 잔다지만, 이 시간은 업무적 이벤트가 없으면 내 활동 시간 범위에 '기상'으로는 포함되지 않기 때문에 일어나서 황망한 기분 들어서 당황했다. 5시야, 어쩌지! 이렇게 한순간에 당황할 수 있구나.

친구에게 메시지를 보냈더니 내 생태계에 익숙한 이너네셔널은 슬기롭게 지시한다.

'놀라지 말고 일단 누워. 지금 안 졸려도 다시 자도록 노력해. 어차피 넌 졸릴 거야.'

이런 구체적 지시가 좋은 걸 보니 이제 직장인 생활에 익숙해졌나 보다.

현 상태에 자신 있게 참견해 주는 친구가 있어 든든하다.

#노예근성 #참견대환영 #지시가끔환영

이미지 따위

회사에서 교육을 받던 중의 일이다.

처음 보는 사람 5명에게 좋은 이미지 세 개씩 받아오라는데 너무 번거로웠다. 이런 식의 이미지나 성향 테스트로 어색함을 완화하는 접근 방식에 질렸다. 살짝 반칙으로 아는 사람 3명한테 이미지를 받았더니 자기들 멋대로 써줬다. 15개 좋은 이미지 중 맘에 드는 것을 고르라는데 다들 장난스럽게 이상한 이미지를 써줘서 고르기 어려웠다.

끝내 '이상한 것에 관심 많음', '까칠함'을 간신히 골랐는데 강사분께서 신나서 "그게 궁극적으로 자신이 되고픈 거예요!"라고 하셨다. 그건 아닙니다.

그 와중 옆에 앉은 모르는 분께서 내 좋은 이미지 종이를 너무 쳐다보시는데 저 이상한 사람 아니고, 편한 사람들에게 이미지를 받았을 뿐이라고 설명해드리고 싶었다. 그분께서는 내 좋은 이미지 종이를 너무 쳐다보시다가 내가 옆에 적어둔 여행 준비물도 보완해주셨다. 좋은 팁 알려주셔서 고맙습니다.

#뭣이중헌디 #좋은참견

특기는 매너

정말 많은 여성분들이 매너 과장님을 좋아한다. 꼭 이성으로 좋아한다는 말이 아니라 정말 말 그대로 '좋아'한다. 그리고 우리 팀원들은 그걸 놀리는 것이 너무 재미있다. 일단 사람 자체가 너무 순하고 매너가 좋다. 옆에서 보면 누군가는 착각할 만한 행동도 매너가 좋아서 좋은 의도로 한다.

특히 매너 과장님이 영어를 쓰면 '제스츄어 + 발음 + 매너'가 삼위일체 되는데 우리는 그 상태를 낑글리쉬(낑english)라고 부른다.

오늘 영어를 열심히 하며 큰 소리로 통화하는 매너 과장님이 전화를 끊자마자, 1등 대리님과 몰려가서 낑글리시한다고 놀렸더니 나에게는 선배라서 화도 못 내고, 본인 동기인 1등 대리님한테는 눈물을 글썽이며 '너 밉다……'고 화를 냈다. 매너가 좋고 착해서 화도 못 내고 욕도 못 하고 '너 밉다'가 전부.

조만간 1등 대리님이 매너 과장님을 한번 울리지 싶은데 은근 기대되는 나는 못된 선배인가.

#웃긴쪽편 #너밉다

야근

저녁 먹자는 친구에게 오늘도 야근이라고 거절하니 '조심해, 너무 늦게까지 일하면 건강에 해로워' 하는데 왜 이렇게 천사 같이 느껴지지.

야근 할 때 누군가가 '너희 팀은 왜 그래? 그냥 못한다고 그래.' 하면 가뜩이나 야근도 힘든데 내가 회사나 팀을 변호까지 해야 하는 이상한 상황이 되어 난감해진다. 나도 어쩔 수 없는 걸 알아서 일하는 거고, 그냥 내 일이니까 할 뿐 딱히 불평한 의도도 없는지라 건강을 조심하라는 위로 정도가 듣고 싶었나 보다. 게다가 누군가 저렇게 강하게 말할 때조차 그 의도가 '야근하는 나를 위해서'가 아니라 상황에 대한 비난일 때가 많아서 감정적으로 휘둘리면 피곤해진다.

내가 픽 흘린 말이 누군가에게 줄 여운을 생각하면 정말 말조심해야지 싶은데 참 인생 과제인 것 같다. 아 다르고 어 다르고 나 다르고 너 다르고.

#비난#책임과무책임사이 #적절한위로

회의

팀원들이 업무 장기 레이스에 다들 지치는지 요즘은 회의의 시작도 마무리도 헛소리 파티다.

오늘은 얘기가 흘러 흘러 개인의 취향에 관하여 얘기하다 '파트에서 제일 객관적으로 잘생긴 사람 뽑아보라'는 리퀘스트를 받았다. 우리 파트는 자꾸 고만고만한 사람들끼리 니가 더 못생겼네로 다툰다.

입사 이후 손에 꼽히게 난감했다. 백 가지 비유가 떠올랐으나 한 개도 입 밖으로 내지 않은 나의 자제력이 너무나 훌륭하고 대견하다. 현명하다, 나.

내 안의 만능 해답 '티모시 샬라메'로 나이스하게 회피하고 철없고 눈이 높은 사람이 되었습니다.

꽤 오래 바쁘다, 춥다, 피곤하다, 재미없다, 투덜거린 것 같다.

투덜거리니 더 힘이 빠진다. 오늘부턴 조금 더 즐겁게 살아봐야지.

#즐거움도노력 #긍정도노력

나의 드문 약점

난 더러운 사람은 아니지만 자료를 잘 못 버려서 책상이 약간 산만하다. 오늘 문득 보니 쌓인 자료가 많아서 좀 치웠다. 치운 책상이 너무 뿌듯해서 피터 오빠를 일부러 불러서 책상을 보여주며 "어때? 깨끗하지?"하고 자랑했다.

피터 오빠는 대답을 안 하고 한참 내 책상을 쳐다보더니 검지 손가락을 과장해서 세우며 버릴 것 안 버릴 것만 정해주면 너의 책상을 치워주고 싶다는 제안을 또 했다. 칫.

정리를 잘하거나 글씨가 깨끗한 사람은 어른스러워 보여서 부럽다.

#인간적

사명감 2

팀에서 개그는 내가 맡는다거나,

좋다는 새로 나온 마스카라는 써봐야 한다거나,

밤 시간은 최대로 소중히 써야 한다거나,

낙타가 만든 음식은 아주 아주 맛있게 먹어야 한다는

사명감은 어디서 오는 걸까.

#마스카라대모험 #밤아끼기

야근 여파

신혼여행 갔던 옆옆자리 대리님이 출근했길래 꽤 반가워서 목소리 한 톤 높여 웰컴 인사를 하는데 대리님이 약간 당황하시는 눈치였다. 덕 대리님이 조용히 그 대리님은 사흘 전부터 출근해 앉아있었다고 알려줬다.

때를 안 놓친 중간 보스 목소리가 뒤에서 울린다. "난 네가 웃기려고 일부러 그러는 줄 알았다."

정신 차릴 틈도 없이 요즘은 야근 연속 콤보네.

귀갓길, 밤하늘이 예쁘기만 하다. 별을 보다가 헤일밥 혜성 생각났다.

맑은 날은 해지기 직전 파란 하늘을 배경으로 하얀 꼬리를 달고 있는, 멈춰 있는 것처럼 보이지만 분명히 어마어마한 속도로 달리고 있는 혜성이 맨눈으로 똑똑하게 보였다. 그 비현실적이고 대단한 장면이 눈에 계속 보이는 것이 오히려 비현실적이었다.

이에 비하면 별똥별은 마치 어디 놀러 가듯 하늘을 가로질러 날아가서 예쁘다. 실제로 처음 보고 별똥별이 '떨어진다'고 표현하는 게 아깝다고 생각했다.

올해는 유성우 극대기 골라서 텐트 치고 밤새 별똥별 보는 거 해보고 싶은데 과연 가능할까. 해보고 싶은 것은 많은데 결정적으로 의지가 부족하지. 그리고 많은 경우 그것을 '그렇게 해서까지 하고 싶지는 않다'라거나 '게으르다'라고 적당히 표현하지. 하지만 저 정도의 '하고 싶음'의 불꽃조차 일상에서는 여간해서 잘 일어나지 않는걸. 그렇게 생각하면 꽤나 큰 욕망이지!

어떤 영화

내가 보고 싶은 영화가 있었는데, 옥잠 차장님이 먼저 봤다. 와이프에게 왜 이런 암울한 걸 보냐고 혼나며 영화를 끝내 다 본 옥잠 차장님이 그 영화는 사랑하는 사람에게 사랑받지 못하면 동물로 변하는 설정이라고 조금 잘난척하며 나에게 알려줬다.

옥잠 차장님과 다나까 후배와 3인 조합으로 김밥을 먹으며 나는 동물이 된다면, 돌고래가 되고 싶다고 했다. 옥잠 차장님은 '날고 싶은데 멋 부리는 것처럼 날아다니기는 싫다'는 이상한 본인만의 기준을 제시하며 갈매기가 되고 싶다고 했다. 다나까 후배는 당당하게 빈대나 벼룩이 되고 싶다고 했다.

왜 굳이……라고 생각하며 빈대 수명이 500일이라고 알려주니 다나까 후배는 500일간 알 많이 낳겠다고 다짐하며 약간 기뻐 보였다. 음. 암컷인가?!

김밥집에서 나오며 옆 팀 3인방이 있길래 물어보니 사자, 개, 개냥이라고 했다. 사자라고 한 사람은 사바나 한구석의 알비노 사자로 변해서 나무 그늘에서 머리 벅벅 긁다 다른 사자들한테 쫓겨나서 게으른 걸음으로 도망가서 다른 나무 그늘에서 머리 벅벅 긁을 것 같은 이미지라 어울린다고 속으로 생각했다.

사무실에 와서 밥을 안 먹고 늘어져 있는 흑테리 대리님에게 물어보니 왜 동물이 되어야 하는가에 대한 당위성을 고민하다 조용히 나무늘보가 좋겠다고 한다. 피터 오빠는 영리한 까마귀, 체력 대장 매너 과장님은 호랑이, 쎄 차장님은 예쁘고 사냥하지 않는 새가 좋다고 하셔서 예쁜 거에 초점을 맞춰 핑크색 플라밍고를 추천해드리니 마음에 들어 했다.

옥잠 차장님이 갈매기보다 심해어가 어떨까 하는 고민을 본격적으로 하기 시작하길래 해류와 물 온도에 관한 토론에 동참해줬다. 모두 자신과 어울리는 동물이 되고 싶어 했다. 별거 아닌데 열심히 고민해서 대답해주는 사람들이 새삼 사랑스럽단 생각이 들었다.

난 돌고래 되면 전파 방!방!방! 쏘며 친구 돌고래랑 물방울 놀이해야지.

사람들 만나면 괜히 다가가서 끼 부려 보고 싶지 말입니다.

#전기돌고래 #동물로태어나기 #빈대반대

사토라레

회의실에서 회의하며 점심을 먹으면 마지막에는 이게 회의도 아니고 점심 식사도 아닌 것이 되어버린다.

오늘도 이런 팀 런치 마지막의 의미 없고 어찌 되어도 좋은 대화 중에 사토라레 이야기가 나왔다. 다나까 후배만 사토라레를 몰라서 매너 과장님이 "다른 사람에게 다나까 후배씨가 무슨 생각하는지 실시간으로 크게 들리는 거예요." 하고 설명해줬다.

하늘 같은 선배인 매너 과장님이 챙겨 주려고 친절히 얘기하는데 다나까 후배는 말린 조기 같은 표정으로 음식을 우걱거리며 "그런 건 괜찮습니다. 전 평소에 생각 같은 거 안 합니다."라고 잘라서 대답했다.

'아무리 그래도 생각을 안 하다니, 생각을 안 한다는 것도 생각'이라고 말하려다가 이 분은 빈대가 되고 싶은 분이었지 하고 생각하니 납득 되었다. 하지만 정말 생각을 안 하고 지낸다면 그것은 그것 나름대로 대단한 경지 아닌가. 득도란 곧 무위자연, 잡생각을 안 하고 자신의 본 모습과 혼연일체 되는 것이니.

만약 사토라레가 있다면, 그게 나라면 참 주변 사람에게 시끄럽겠구나 하는 생각이 들었다. 뭐 대충 누구나 그렇겠지.

#마음의소리 #마음비우기 #도인

혹한기 일지

1. '단품 모자 위 + 패딩에 달린 모자 위 + 목도리'를 겹쳐 입는 것보다 '단품 모자 위 + 목도리 위 + 패딩에 달린 모자' 순서로 장착하는 것이 더 거북하고 더 따뜻함.

2. 기모 스타킹 위에 레깅스를 입으면 매우 따뜻하고 다리가 안정감 있어 보이며, 치마가 말려 올라가도 알아차리기 어려움.

3. 마스크를 쓰면 따뜻하고 피부가 추위에 보호되는 느낌이 들고 숨이 참.

4. 혹한기에 머리를 하면 예수님 느낌이 남.

#쓸데없이춥다 #너무춥다 #과하게춥다

허밍

체감 길이가 너무 길었던 회의 후 자리에 돌아와 잠시 멍 때리며 자가 회복 중이었다. 옆쪽에서 흑테리 대리님의 감미로운 허밍 소리가 들렸다.

멜로디가 살짝 낯익어서 설마 했는데 예측했던 다음 마디 허밍에 가사를 붙이면 이런 내용이다.

'연평 바다에 얼싸 좋다 돈 바람 분다.'

왜 군밤타령을 허밍으로 서정적으로 조용히 부르고 있지…….

난 영산회상이 좋더라. 세영산 나랑 딱 어울리는 듯.

#헛 #데자뷰 #타인의취향

화를 내지 못합니다

택시 탄 출근길, 안구 운동을 하고 있는데 기사님께서 어어어 하시며 엄청

난 급정거를 하셨다. 보니까 앞에서 노란색 학원 차가 정말 위험하게 끼어든 것이다. 그래 봤자 결국 신호 대기는 나란히 하는데 뭣이 그리 급하다고. 택시 기사님은 많이 놀라시기도 했고, 끼어든 분이 다시 그렇게 위험하게 운전을 하면 안 되니까, 창문 내리고 한 소리 하시는데 왜 이렇게 어색하신지 내가 다 안타까웠다.

이의는 제기 하고 싶으신데 소심하게 투덜거리는듯한 말을 읊조리시다 포기하시고는 조용히 창문을 다시 올리셨다.

화 잘 못 내는 어른도 꽤 있구나. 나도 화낼 타이밍을 놓치거나 내가 왜 화가 났는지 잘 설명 못 할 때가 은근 있다. 왠지 위로가 된다.

#화내기도뭐하고안내기도뭐하고

아까워

난 코가 비교적 예민한 편이라 가끔 재미있는 일이 있다. 처음 만났을 때 어 혹시 xx향 쓰세요? 하는 특급 오지랖을 부렸는데 그 향수가 내가 좋아하는 향수일 경우 대부분 그 사람과는 금방 친해지게 되는 것 같다. 내가 싫어하는 향을 뿌린 사람과는 신기하게 그다지 친해지지 않는다.

회사에서도 향수를 같이 산 친구에게 '너 방금 몇 번째 엘리베이터에서 내렸지, 아직 네 향기 남아있어.' 하고 무서운 카톡을 보내는 것도 재미있다. 어제 여름에 쓰기 좋은 홍차 향을 써서 말을 튼 분과 오래간만에 만났는데 처음 만났을 때 향수 이야기를 했던 것을 서로 기억하고 있어서 좋았다.

오늘 오후는 사무실 어디선가 좋은 향기가 난다. 이런 좋은 냄새가 날 리가 없는데 괜히 불안해진다. 좋은 일을 겪는 중에도 왜 인간이란 불안해하는가. 이 정신적 나약함은 어디서 오는가. 머리의 어느 부분이 소설을 쓰는가.

회사의 무두절이면 흑테리 대리님이 허밍으로 노래를 할 때가 있다 (지난 번에는 군밤타령이었다). 그런 날이면 회사가 휴일 오후 혼자 찾아간 동네 작은 카페처럼 아주 평화로워지는 느낌이다.

오늘 오후는 버스커버스커 메들리 허밍이 들렸다. 오후의 생각지도 못한 평화롭고 귀여운 이벤트니까 모르는 척 조용히 들으며 일하고 있었다. 하지만 중간 보스가 회의에서 무슨 일이 있었는지 온 세상에 대한 적의를 풀풀 휘날리며 등장해서 허밍이 멈췄다. 아까워.

#습관적불안 #행복에대한두려움 #나약함 #어그로

무두절 2

무두절이 신나는 직장인들은 자주 여러 상상을 하며 현실을 위로하곤 한다. 오늘 10분 무두 때 '전원이 사법고시 출신이라면'의 가정 상황이 된 모양이다. 나는 참여는 안 하고 들어보기로 했다. 사법 고시 출신에서 형사 드라마로 흐르는 묘한 설정이었다……다들 드라마를 너무 많이 봤나보다.

국선변호사 1&2, 르포 24에 모자이크로 등장하는 푼돈 먹는 부정 판사, 잘나가는 로펌 변호사, 바른말 하다 출세 못 한 검사, 넌 그냥 수사관 같아, 잠복오래 해서 제발 샤워했음 싶은 담배 쩐내나는 형사 등 관련 계열이 다양하게나왔다. 오늘은 내 역할이 마지막까지 안 정해졌다.

1등 대리님이 나를 프로파일러로 배정하려고 하는데 옥잠 차장님이 "에이과장님과 법은 좀 안 어울리지."하더니 아무도 맡기 싫어하는 진상 의뢰인으로 대충 정리했다.

이런 의미 없는 것을 진심으로 고민할 때 나는 이 사람들과 가장 한 팀 같다.

#무의미의의미 #어나더월드 #맡아주세요

War요일

출근했을 때의 좋은 점 중 하나는 식사 후 근처 서점 산책을 할 수 있다는것이다. 오늘은 War요일이라 예민하고 벌써 지친 나의 산책 시중을 들 사람으로 피터 오빠를 지참하기로 했다.

인문학 코너에 책 한 권이 있길래 집게와 엄지손가락으로 집어 들고 나머지는 편 상태로 (피터 오빠가 유행시킨 공식 조롱 포즈) 책을 집어 들고 "이런 종류 책은 재미있겠다 싶어서 사는데 또 막상 진득하게 안 읽혀." 했더니 피터 오빠는 열렬히 동조해줬다. 세상에는 알면 재미있을 것 같은 지식이 많지만, 막상 자유롭게 습득 가능한 상태가 되면 심드렁해지는 부류의 '사실 모음'도 많은 것 같다.

피터 오빠가 최근 내가 읽은 책이 궁금하대서 책 내용을 설명해줬다. "나름 아름다운 사랑 이야기야. 남자가 자신의 성 정체성을 깨닫고 여자가 되는 과정을 이 여자가 인간적으로 보듬어주는데,"까지 말하니

피터 오빠가 꼭 그렇게까지 누군가를 좋아해야 하냐고 격렬히 저항하는 반응을 보여줬다. "그래 사실 나도 좋아하던 남자가 그러면 계속 좋아하기는 어려울 것 같기도 해. 그 상황 안되어 봐서 모르겠지만……." 하고 여운 있는 맞장구를 쳐주니 피터 오빠는 왠지 안심했다. 좋아하는 사람이 그렇다는데 별수 있나 응원해야지.

그리고 카프카의 '비유에 대하여'를 건져왔는데 첫 부분이 논리에 딱 맞는 꿈을 꾼 직후에 쓴 듯 깔끔해서 마음에 든다.

War요일 잘 견뎌봐야지. 이겨내야줘 ^^

#안겪어보면몰라 #이겨내야줘

생사 결단

같은 층에 체지방이 충만한 과장님이 있는데, 역시 체지방이 충만한 부장님

과 차장님이 맨날 살 빼라고 놀린다. 밖에서 보기에는 무차별곡선 상 점들인데 서로가 서로를 그렇게나 놀린다.

오늘은 부장님과 차장님이 과장님에게 "충 과장아, 30kg는 빼라. 그래도 몸무게가 두 자리여야 되지 않겠니."라며 시비 걸기 시작했다. 충 과장님은 무시하면 좋았을 텐데 "제가 이까짓 거 보름 만에 다 뺄 수 있어요."라고 문장 그대로 대꾸했다. 차장님은 그걸 놓치지 않고 "너 하루에 2kg 빼야 하는데 그러다 죽어."로 응수…

직장은 은근 생사가 결정되는 잔인한 곳입니다.

충 과장님은 머쓱해지자 괜히 화재를 나한테 돌리려고 "과장님은 연하가 좋아요, 연상이 좋아요?" 하길래 "전 잘생긴 사람이요!" 했더니 말없이 자리로 돌아가셨다. 오예.

#생사결단 #취향 #만능방어

모세

직장인들이 공통적으로 싫어하는 '오전 11시 이후 급한 업무 수주' 사건이 발생했다. 삐뽀삐뽀. 오늘은 오래간만에 나가서 맛있는 것을 먹어보자고 10시부터 팀원들과 기대했었기 때문에 우리의 행복한 계획에 위협을 느꼈으나, 초인적 집중력을 발휘해서 12시 3분쯤 마무리를 지었다.

집단적 멍함으로 다들 자리에서 서서 반쯤 흐물거리고 있길래, 이럴 때(만)

목적의식이 뚜렷한 나는 차장님부터 사원까지 모두를 독려하여 탈출 엘리베이터에 태워 무사히 밥집까지 인도했다. "이거 내가 알던 숫자가 아닌 것 같은데?" 하는 보스 목소리 추격도 잘 대응했다.

다른 팀원이 이스라엘 민족 출애굽기 같다며 너 모세 같다고 칭찬(?)해줬다. 이제 기적만 일어나면 되는 건가.

어디서건 지도자랑은 거리가 먼 성향인데 내가 먹고 싶은 것이 있을 때는 순간적 리더쉽도 발휘하게 되는구나. 인간이란 신비로워! 나는 항상 신비롭고!

#목적의식 #말달리는선구자

진실은 거짓말

굳이 이유를 설명하자니 좀 찌질하거나 극적으로 지어낸 것 같고, 설명을 안 하자니 내 의도가 나쁘게 오해받기 십상인 상황들이 있다. 그런 순간, 내가 분명 사실을 이야기하고 있는데도 핑계 대며 거짓말을 하는 것 같은 때가 꽤 있다. 다 사실인데 듣는 쪽에선 그냥 거짓말 같겠지 하고 나 스스로도 생각한다. 우아하지만 사기꾼 같은 인상이랄까.

이 현상에 대해서 피터 오빠에게 "난 진실을 말하는데도 뭔가 거짓말 같이 보일 때가 있는 것 같아." 하니까 "응 너 좀 그런 부분이 있어." 하고 두근거리는 동의를 해줬다. "왜? 조금 사기꾼 같아서?" 하니까 "네 주변에 좀 이상한 일이 많지 않나?"하고 더욱 두근거리는 설명도 해줬다.

예전엔 사정이 있을 때 구구절절 설명했는데 그게 더 핑계 같아서 요즘은 그냥 '안 돼.' 나 '미안해.'로 뭉뚱그려서 얘기한다. 주로 그런 이유로 약속을 못 잡다 보니 실제보다 더 바쁜 이미지도 생겼다.

상냥한 친구들은 가끔 "요즘 바쁜 건 좀 어때?" 하고 물어봐 주는데 그게 자꾸 "요즘 못생긴 건 좀 어때?"로 들리는 건 웹툰을 많이 본 나의 문제요.

#주관적진실 #각자의진실

무두절 3

난 미신을 많이 믿는 편은 아니지만, 우주에는 내가 이해할 수 없는 법칙이나 우리 물리 법칙으로는 설명할 수 없는 무언가가 존재한다고는 생각한다. 그 때문에 정상적이지 않은 안 좋은 사건이 연속적으로 일어나면 오늘 왜 이러지 하고 몸을 사리게 된다.

아침에 마그마같이 뜨거운 커피를 사서 자리에 안착하는 순간, 집 건물 출입 카드를 집에 두고 온 것을 깨달았다. (매우 불편하고 구차해짐.) 그 후 나만 컴퓨터에 문제 생겨 서비스 센터 직원을 불러서 할 일이 많은데 업무가 마비되었다. 회의가 길어져서 부적절한 멤버 구성으로 점심 식사에 갔다. 그 도중 매우 큰 부장님과 발이 충돌해서 넘어질 뻔했다. 이런 것 말고도 중간중간 계속 뭔가 이상하고 마음에 들지 않았다.

오후가 되니 지치고 아무것도 하기 싫어져서 양치도 아주 오래 하고 리프레시해보려고 노력하던 중이었다. 옥잠 차장님이 연행되는 독립투사 같은 비장하고 안쓰러운 표정으로 두꺼운 보고서를 손에 들고 모든 보스들과 함께 회의실로 들어갔다. 와! 저 회의는 영원히 끝나지 않았으면 좋겠다.

저렇게 되면 투논(투데이스 논개)의 안녕을 마음속으로 바라며 나머지 사람들은 밝은 얼굴로 돌아다니며, 툭툭 서로 안부도 묻고 초콜릿도 나눠 먹는 좋은 분위기가 된다. 즉시 나랑 케빈 대리님은 얼굴이 밝아졌다. 피터 오빠는 어디론가 사라지고, 1등 대리님은 다른 팀으로 놀러 갔다.

그런데 5분 만에 옥잠 차장님과 보스들이 회의실에서 우르르 나왔다. 아까 그 순례 행렬은 못 해도 2시간 각이었는데! 이런 어그로 못 끄는 탱커 같은 양반 같으니라고…….

왜 벌써 나왔지 이러면 안 되는 거 아닌가? 라는 눈빛을 너무 노골적으로 하고 옥잠 차장님을 바라본 스스로에 대해 반성하고 있던 중이었다. 나랑 똑같이 불만을 가득 담은 눈빛을 한 1등 대리님이 다른 팀에서 급히 돌아와서 조용히 툴툴거리며 자리에 앉아서 살짝 마음에 위안이 되었다. 다음부터는 반나절 회의 부탁합니다.

#논개 #투논 #상도덕 #어그로

Dirty dream #2

전쟁 회피 조건으로 상대국에서 우리나라에 우리나라 사람의 일정 수를 없애라는 협상 조건을 내걸었다. 나도 그 제거 대상에 비밀리에 선정되어서 집합 장소에 갔다. 도착해 보니까 경비 시스템이 허술해서 탈출할 수 있을 것 같았다. 하지만 어차피 나 대신 누군가가 제거되어야 할 테니 내가 당하자, 어차피 난 1인 경제 시스템의 사람이고 큰 여파는 없겠지 싶어서 그냥 제거당하기로 했다.

마지막 기념으로 사진을 찍어준다는데 기념 사진 메이크업 담당자가 예전에 알던 동생이었다. 나는 "새도우는 안 부어보이게 무펄 웜톤 브라운으로 해주고 라인도 같은 톤으로, 눈꼬리는 닫지 말고 조금 위쪽으로 잘 빼줘." 하고 간략하게 부탁했다. 그런데 담당자 아이가 가지고 있는 화장품 제품 라인업이 너무 빈약했다. 아무리 생각해도 마지막 사진을 이렇게 찍을 수는 없다는 생각이 들었다. 나는 집에서 내 화장품을 가져오기로 마음 먹었다.

마침 우리 집 앞에는 운하가 흐른다는 것을 생각해냈다. 몰래몰래 잠수함(스티브 지소와의 해저 생활에 나오는 '벨라폰테호'처럼 아주 아름다운 잠수함이었다.) 탈취에 성공! 멋지게 운전해서 푸샤샤하고 집 앞 운하에서 솟아올라 내 방 창문까지 클라이밍을 하기 시작했다. 이럴 때 쓰려고 클라이밍을 배운 거구나. 스스로의 혜안에 감탄하며.

하지만 내 방 창문을 여는 순간 메이크업 담당자가 국가에 밀고해서 사방에서 아름답게 스포트라이트를 받으며 잡혔다. 나를 모시러 헬리콥터도 와 있었다. 아직 화장품을 손에 넣지도 못했는데 잡히다니, 거기다 진짜 탈출이 아니라 단지 화장품을 가져오려고 했다고 어떻게 설득을 하지? 나 같아도 못 믿겠는데. 하고 심각히 고민했다. 그 와중에도 화장품을 찾아서 돌아가야 한다는 본래의 목적을 달성하기 위하여 방에 꼭 가져가야 할 물건이 있다고 간절히 말했다.

잠에서 깨어보니 눈에 핏줄이 터져있었다. 사무실 공기는 오늘따라 Cu++ Cu++.

#사진화장중요 #구리구리

떠드는 직장인

잊고 있던 윤리 규범 교육을 들으라는 메일이 날아와 있었다. 문득 생각나서 고등학교 때 윤리 50점 맞았던 이야기를 했다. 옥잠 차장님이 엄청 신나서 "과장님은 윤리 의식이 없으니까 성적도 그렇죠." 하며 뻔한 대사를 했다.

매우 유치한 도발임에도 불구하고 은근히 약 올랐다. "그게 아니라 동양 철학가와 사상을 외우는 암기 과목이었는데 범위를 잘못..."까지 말하다 대학교 1학년 때 동양의 지혜라는 과목을 죽 쑨 것이 생각났다. "그 교양 너무했어요. 한문 필기 숙제가 있어서 깔끔하게 하나도 하지 않았죠." 하고 고백했다.

나는 그때 너무 순진해서 수강 신청이란 게 그렇게 무서운 것인 줄 몰랐다.

그래서 수강 신청 OT 때 늦잠 자고, 밍기적거리다 OT가 끝난 시간 즈음 괜히 마음이 쫄려서 학교에 갔다. 강의실에 아무도 없고 조용하길래 그냥 갈까 하다 영 불안해서 소심하게 학과 사무실에 갔더니 나 같은 애가 하나 더 있었다. 나중에 우리 학번 중 가장 친해진 오적이었다.

우린 처음부터 서로의 국적에 대한 의문이 있었다. 오적이는 엄청 까맣게 태닝하고 (후에 태닝한 것이 아니라는 것을 알았다.) 힙합 바지에 힙한 모자를 쓰고 있었다. 나는 세기말 느낌의 샤기컷 머리에 덧니, 볼 터치를 진하게 한 화장을 하고 있었다. 한껏 미화시켜서 가수로 치자면 투팍과 하마사키 아유미의 만남 같았다. 서로 멀뚱하게 서 있다가 맘이 약한 오적이가 먼저 상냥하게 "너도 A반인데 늦었니?" 하며 날 거두어주었다. 그리고 우리는 둘이 같이 수강 신청을 했다.

그 원죄로 오적이는 경영대 과목 수업 인원이 마감되어 타 단과 대학까지 가야 하는 수업을 같이 수강하게 되었고, 가끔 여자 목소리로 "네✓"하고 '네 꺼 대출했다, 얼른 와 ㅜㅜ' 하고 상황 공유도 해주는 신세가 되었다. 오적이는 그때 내가 학과 사무실에서 너무 당황스러워 보여서 말을 안 걸 수 없었다고 한다. 착한 친구다.

아련한 수강 신청 기억을 떠올리며 옥잠 차장님에게 "옥 차장님은 대학교 때 무슨 과목이 가장 재미있으셨어요?" 물으니 조직행동론이라고 한다. 나는 이 과목을 매우 싫어했다. 운 나쁘게 교수님에게 괜히 주목받아서 출석과 발표를 집중 마크당했었기 때문이다. 옥잠 차장님 대답을 듣자마자 "어우 조행론 완전 재미없어."하고 솔직하고 공격적인 의견을 전달하니 나에게 어떤 과목이 젤 재미있었냐고 물어보셨다. 당당히 섹슈얼리티연구, 원가 회계, MIS라고 답하니 옥잠 차장님은 맥락이 없다고 비난했다.

섹슈얼리티연구는 내 평생 발표를 통해 가장 놀라운 호응을 얻고 일본 교환학생들도 끌어들여 청강까지 하게 만든 자부심이 있는 수업이다. 원가 회계는 교수님이 멋지고 젠틀하고 깔끔하셨으며, MIS는 교수님이 잘해줘서라고 이유도 친절히 설명해줬다. 옥잠 차장님이 이유가 특이하다길래 "전 전공 과목에 흥미가 안 생겼다고요!"하고 나도 모르게 진심을 말했다.

그리고서는 석사 공부를 하게 될 줄은 나도 몰랐지…….

우리는 곧 수강 신청 기준에 대해 의견을 나눴다. 쎄 차장님과 옥잠 차장님은 순서대로 들어야 하는 과목을 들었다고 한다. 케빈 대리님은 널널하거나 학점 잘 주는 과목 위주로 신청했다고 한다. 뭐 나름 합리적이다. 하지만 내 기준은 매우 뛰어나다.

나는 항상 주 4일 수업을 만들어야 했다. 토요일, 일요일만 쉬기에는 너무 짧으니까. 금요일 수업을 제외하고, 1교시도 제외하고, (나중에 2교시 수업도 잘 안 간다는 걸 깨닫긴 했다.) 점심시간은 반드시 비우고, 강의실 먼 곳도 제외하고 난 후, 잔여 수업 중 호감이 생기는 제목의 과목으로 채웠다.

이것은 생각보다 사전 스터디와 고민이 엄청나게 필요한 난이도 높은 작업이다.

전공 '초급'이 수/금에 편성되면 그 과목은 선정 탈락이다. 다음 학기에는 그 과목이 금요일이 배정되지 않기를 바라며, 화/목 편성인 전공 '중급'부터 듣는 과감한 선택도 했다. 어차피 금요일이라 수업에 안 가나, 중급부터 듣거나, 이해도가 그게 그거일 것 같다는 합리적 판단의 결과이다. 무엇을 해도 비슷하면 몸이라도 편하고 기분이 좋아야 하지 않겠는가. 나는 이렇게 결단력이 뛰어나고 합리적일 때가 자주 있다. 그래서 나는 3, 4학년 때는 저학년 수업에 앉아있고 1, 2학년 때 고학년 수업에 껌뻑껌뻑 앉아있던 적이 꽤 있다.

오후에는 주로 교양 과목을 들었다. 점심 먹고 걸으며 소화시킬까 하는 훌륭한 의도로 학교 반대편 먼 강의실 수업도 가끔 들었다. 결과, 수업 듣다 졸린다고 탈출해서 그 앞 공터 편의점에서 과자를 뜯어 먹고 노는 사태가 발생했다. 혼자 놀기 싫으니까 누군가를 소환하면, 다정한 친구들은 학교 끝까지 와서 함께 과자를 먹으며 편의점 근처에 상주하는 비둘기 욕을 해줬다.

가끔은 부지런하기도 했다. 학교 내에 새 피자집 생겼을 때 오픈 전날 기웃거리다가 시식 피자를 얻어먹었는데, 친절하고 맛있어서 마음에 들었다. 흥에 취해서 "야 여기 우리 아지트로 삼자."하며 진짜로 한동안 이너네셔널과 오징어와 꽤 열심히 매출을 올려줬다. 학교 카페에도 부지런히 출석했다.

난 나태하고 본능적으로 살았던 나를 사랑하기로 해서 대학 생활이 살짝 부끄럽긴 해도 후회는 없다. 지금 후회해서 뭐하겠는가. 거기다 딱히 이상한 짓 안하고 잘 졸업했으니 얼마나 다행인지!

그러나 다양하고 신기한 교양 과목을 좀 많이 들어둘 걸 싶은 아쉬움은 있다. 아마 지금 대학 생활을 한다면 더 공부를 치열하게 할 것 같기는 하다. 이것은 내가 나이 들었다는 증거겠지.

하지만 이런 구구절절 한 이야기를 미처 다 못하고, 내 우아한 이미지도 있으니까 간단히 대답하기로 했다. 나는 주4가 되는 것 위주로 수업 짜서, 건축도 듣고 부모 되기 수업 같은 다양한 교양도 들었다고 답을 했다.

옥잠 차장님은 별로 그럴 일도 아닌데 괜히 흥분해서 자리에서 일어났다. (옥잠 차장님은 업무 중 약간의 흥미 있는 놀 거리가 생기면 꽤 많이 흥분하고 목소리가 삑사리 나서, 자제시키는 것도 후배로서 큰 일이다.) "기준 봐라 기준, 과장님은 진짜 체계 없는 주제에 머리는 나쁘지 않아서(좋다고 해주지.) 관심 있는 분야에만 돌기가 삐죽삐죽, 정신없네요." 하고 등산하는 아저씨처럼 뒷짐을 지고 걸으며 과도하게 큰 목소리로 나에게 떠들었다.

나는 "다들 정도 차이만 있지 저 같아요." 하고 차분히 현명한 답을 해줬다. 계속 웃으며 듣던 케빈 대리님이 갑자기 너무 자지러지게 웃길래 다들 왠지 식어서 조용히 다시 일을 시작했다.

이상하네 뭐네 해도 기본적으로 따뜻한 시선이고 이래저래 팍팍한데 이렇게 떠드는 재미라도 있어야지 싶다.

#수강신청실패 #티켓팅은성공 #열정

발표하는 직장인 1

나도 한때에는 사람들 앞에서 나서서 말하는 것을 즐기던 시절이 있었다. 초등학교 때는 왜인지 정말 못 나서서 안달이어서 구연동화, 웅변, 토론, 말로 하는 모든 대회에는 다 나가고 중요한 행사 때 질문과 발표도 즐겨 했다. 지금은 질색하는 나서기 좋아하는 초딩이 바로 나였던 것이다. 중학교 때도 나서서 말하는 것을 싫어하지는 않았지만, 정확하고 똑 부러지게만 말하면 대충 칭찬받던 초딩 시절과는 달리 뭔가 자신을 버려야 더 큰 임팩트를 줄 수 있다는 것을 깨달았다. 고등학교 때는 필요하면 발표를 했지만, 타인 앞에서 발표하는 것에 많이 시큰둥해졌던 것 같다.

대학교 때부터 다른 사람들 앞에서 말하는 것이 매우 싫어졌고, 발표가 많은 학과를 온 것이 싫기도 했다. 그러나 섹슈얼리티연구 수업의 발표를 훌륭히 마치고 난 후 '관심 없는 분야의 발표가 특히 싫은 거구나.' 하는 자기 지각을 하는 업적을 달성했다. 대학원 때는 어쩔 수 없이 발표를 매주 하며 Bullwhip effect를 Bullshit effect라고 발표하는 마음의 소리를 여과 없이 들려주기도 했다.

요즘은 다른 사람 앞에서 말할 일이 많지는 않다. 주로 후배 직원 모아놓고 교육할 때 정도이다. 내가 스토리도 만들고, 자료도 만들고, 다양한 시청각 자료를 마음대로 써서 나름 신나게 두 시간 정도 하면 되기 때문에 부담이 적다. 그리고 왜인지 수강생들 만족도가 높은 것에도 꽤 자부심이 있다.

요즘 하는 워크숍에서 교육을 하는데 이건 옥잠 차장님이 메인으로 진행하는 프로젝트라서 옥잠 차장님이 강의한다.

나는 일대다로 말하면 금방 지치는 스타일이라 강의하면 바로 에너지가 깎인다. 하지만 신입사원 전문 교육관 출신 옥잠 차장님은 말하는 것을 좋아한다. 강의하다 흥분하면 재킷을 벗고, 소매도 걷고, 이상한 제스처도 하고, 가끔은 귀여운 척도…… 아아, 하여튼 어지간히 강의를 즐긴다. 1등 대리님은 옥잠 차장님을 놀릴 일이 생기면 꼭 그 재킷을 벗고 소매를 걷는걸 흉내 내고는 한다.

나는 발표나 강의를 할 때, 얼굴이 우람하고 위대해 보일까 봐 빔프로젝터가 쏘여지는 범위 안으로는 되도록 들어가지 않는다. 그러나 옥잠 차장님은 마치 마더썬의 은총을 받는 의식을 거행하듯 따사로운 빔을 얼굴에 쏘이는 것을 기꺼이 즐긴다. 특히 빔의 스포트라이트 안에서 손가락으로 직접 화면을 짚으며 강의하는 것을 좋아한다. 옥잠 차장님의 얼굴에 글씨가 쏘여질 때는 좀 선전물 같아진다. 빔 프로젝터의 빛 안에서의 강하게 음영진 얼굴의 옥잠 차장님은 마치 이 분야의 신처럼 거역하기 어려운 얼굴이 된다.

그런 옥잠 차장님의 얼굴 때문인지 쓸데없는 질문이 없어서 좋다고 옆자리의 케빈 대리님에게 말했다. 웃음 참는데 약한 케빈 대리님이 안 웃으려고 이를 악물고 나에게 "웃기지 마세요."라고 말했는데 평소대로 목소리가 너무너무 커서 강의장 뒤쪽 사람들이 다 우리를 쳐다봤다.

은근 패륜적인 선후배 관계로 보였겠지. 오예.

#하극상 #발표기피

발표하는 직장인 2

어제 회사에서 오래간만에 큰 발표를 했기 때문에 오늘 발표 피드백을 들었다. 사장님과 전무님, 여러 팀장님과 팀원들까지 소환했던 큰 발표였다. 발표자는 나와 1등 대리님이었다.

나는 약 1시간, 1등 대리님은 30분의 긴 발표를 끝내고 난 뒤 전무님께서는 기분 좋으셨는지 저녁 사주신다고 하셨는데 너무 피곤해서 집으로 슬그머니 와버렸다. 나는 기척을 죽이고 사라지는데 큰 소질이 있는 것 같다.

발표 시작 부분에는 계획대로 '이상한 질문을 하시면 업신여길 겁니다.' 표정으로 말을 시작했다. 내 발표 주제가 사람들의 흥미를 끌기 좋았는지 쓸데없는 상상력을 발휘한 난입이 많아서 발표 시간이 길어졌다. 발표가 길어질수록 연단 앞이 묘하게 편안해져서 이상한 드립도 치고 하고픈 말도 툭툭했다. 나중엔 살짝 들뜨고 과감해져서 "이렇게 운영하시면 안 됩니다!" 이런 훈계도 팀장님들에게 했던 것 같다. 왜 그랬을까.

내 뒤 차례였던 1등 대리님은 그 분위기를 이상하게 이어 다양한 개그 드립을 많이 쳤다. 그런 발표를 끝내니 우리가 마치 밝고 막말하고 재미있는 발표의 신 지평을 연 것만 같았다. 꽤 오래 준비한 발표였기 때문에 발표를 마치고 '드디어 끝!' 하며 1등 대리님과 동지애를 다져놓고는 나만 회식에서 튀어서 미안합니다, 후배님.

이런 피드백은 내가 아는 이 세상 사람 중 가장 공개적으로 피드백하기 좋아하는 중간 보스가 한다.

중간 보스가 발표 피드백하겠다고 선언한 뒤 나랑 1등 대리님의 눈, 코, 입이 다 일직선화된 것을 눈치채었는지 중간 보스는 웬일로 피드백을 짧게 했다. 1등 대리님은 '30분 내내 발표가 아니라 소리를 질렀다. (그것도 표준어가 아닌, 갈수록 심한 사투리로)'고 한다. 내 발표에서는 '이런 종류의 발표에서 처음 들어보는 단어를 받아 적다가 40분이 넘는 시점부터 세기를 포기'했다는 것이 피드백 내용이었다. 다른 사람들 표정을 보니 공감을 하는 건지 안 하는 건지 미묘했다.

그런데 비밀은 나는 솔직히 1등 대리님에 대한 중간 보스 피드백에는 공감했다. 두 번 미안, 후배님!

#하이킥 #회식은상이아닙니다 #고생한날은귀가시켜주세요

편의점심

출근 후 즐거운 루틴은 동기와 'ㄱㄱ'가 소통의 전부인 단출한 커피 사냥. 그리고 같은 팀 피터 오빠와의 점심 식사 스케줄 확인이다. 피터 오빠와 "점심 뭐 먹?" 하며 들떠서 메뉴까지 정해놓고는 "나 오늘 급약속!" 하고 직전에 서로 배신하는 경우도 꽤 많다. 엄연히 선약인 우리끼리의 약속은 자주 무시한다.

War요일 아침 출근하자마자 피터 오빠가 점심에 은행 볼일이 있다고 하길래 그럼 기다렸다가 함께 편의점식을 해보자고 제안했다. 편의점에 서서 도시락을 먹어본 적은 없어서 은근 로망이 있어서 해보고 싶었다.

점심시간, 5일 장이 열리면 나와서 괜히 휘젓고 다니는 고향 터줏대감처럼 터벅터벅 근처 문구점을 돌아다니다가 마음에 드는 간식을 발견해서 사고 있었다. 생각보다 일찍 은행 업무를 마친 피터 오빠가 나타나서 간식을 사는 나를 부러운 듯 쳐다봤다.

바로 옆 편의점에 가니 먹으려고 생각했던 도시락이 없어서 고민하다가 역시 이럴 땐 스팸이지 하며 은총이 가득한 스팸 도시락을 골랐다. 귀찮아서 데우지도 않고 편의점 한쪽에 서서 포장을 뜯었다.

우리 머리 위로는 스피커가 설치되어 있었고, 앞쪽엔 '종이컵 12900원'하고 종이컵을 미사일처럼 표현한 의미 모를 종이와 '이 사람을 아시면 카운터에 연락해주세요.'하고 CCTV 화면을 캡처한 현상 수배범들 사진이 붙어 있었다.

서서 먹는 것도 재미있는데 하며 우걱우걱 도시락을 먹으며 다양한 주제의 이야기를 했다.

〈오늘의 팀 분위기 분석 → '너는 불 형이야, 생긴 것도 성격도 그래' 하는 피터의 체질학 강의 → 여색을 밝히는 관상〉의 주제를 어지럽게 따라가던 중이었다. 피터 오빠가 할아버지마냥 앙상한 손동작으로 머리 위 스피커를 가리키며 "근데 여기 좀 시끄럽네." 했다.

보니까 주변에 사람도 없길래 시끄러운 음악에 맞춰 유쾌하게 대충 춤을 춰주며 "이렇게 움직이며 먹으면 소화가 잘돼. 춰 봐." 하고 알려줬다. 피터 오빠는 갑자기 핸드폰을 보며 외면했다. 의외로 내가 이야기를 듣는 편이라 중간에 이렇게 적극적 반응을 취해주면 피터 오빠는 좋기도 하며 부끄러운지 외면한다.

스피커에서 흐르던 음악은 다음 곡으로 넘어갔는데 노래를 너무 못해서 둘이 동시에 "이거 뭐지, 누구야!" 했다. 나는 스팸을 씹으며 그 불안정하고 음정 어긋난 두성과 비음 사이 발성을 따라 부르다 포기했다. 핸드폰으로 찾아보니 이런, 꽤 좋아하는 인디 밴드의 공업화를 비판하는 무거운 느낌 제목의 노래였다. 검색 결과 화면을 보고 "나 원래 애네 괜찮았는데." 하니까 피터 오빠는 "난 좋아했는데……."라고.

왠지 서로 숙연하게 있다가 피터 오빠가 약간 분노하며 "아니 녹음하고 들어보지도 않나?"하고 수습하고 있던 찰나였다. 중간 보스가 어디선가 나타나서 "니들 여기서 뭐 먹냐?"하더니 대답도 안 듣고 사라졌다. 항상 물어보고 대답은 듣지 않는 게 특징이다.

오늘의 교훈은 스팸 도시락은 꼭 데워 먹어야 할 듯.

#한끼라도소중하게 #교훈승화

연말 점심

보고 자료를 완성해서 던져놓고 아무것도 할 마음이 안 들어서 멍 때리다가 팀원들에게 섞여 점심을 먹으러 갔다. 음식점 창가 자리로 안내받아 털썩 자리에 앉았다. 왜 이렇게 가끔 멍해지는지 모르겠다. 딱히 기분이 좋은 것도 나쁜 것도 아닌데 방전이 되는 느낌이다.

점심 먹으러 와서도 멍 때리고 있는데 갑자기 내 시야 저편으로 검은 옷을 입은 아주머니와 아저씨가 인자하게 웃는 게 들어와서 화들짝 놀랐다. 곧 밖에서 너무 가깝게 메뉴를 구경하시는 부부라는 것을 알았다.

다들 나랑 비슷한 생각을 했는지 1등 대리님이 갑자기 밑도 끝도 없이 "저승사자라는 게 있을까요?"하고 물었다. 도인 피터 오빠는 "있죠, 있죠."하며 말을 받아주었다. 케빈 대리님이 "그럼 저승이 있어요?" 하니 피터 오빠는 "그럼 없어요?" 하고 답했다.

피터 오빠는 피터적 저승 세계관에 대해서 설명을 해주었다. 이승과 똑같이 경찰서 같은 곳도 있다고 했다. 그러다가 전생 이야기가 나왔다.

내가 "우린 모두 여기 같이 앉아있으니 전생에도 인연이 있었던 건가?" 물으니 피터 오빠는 당연히 그렇다고 했다. 그리고 다들 공통적인 누군가를 떠올리며 전생에 왜 그와 인연을 맺었었지 하는 얼굴을 했다. 누군가는 입 밖으로도 말했다.

사무실로 피터 오빠와 돌아오며 나는 로스웰 사건의 외계인 인터뷰 내용을 회상했다. "우린 죽어도 비슷한 카르마를 가지고 다시 육체를 뒤집어 쓰고 태어난다는 주장도 있어." 하니까 피터 오빠는 스웨덴 보그가 사후 세계를 보고 온 책 이야기를 했다. 피터 오빠는 곧 세상이 한번 뒤집어지고 우주 중심축이 다시 서서 우리나라가 문명 종주국이 된다는 주장도 있다고 했다. 피터 오빠는 그 이론에 따르면 그때가 되면 모든 것을 다 알고 모든 것을 다 할 수 있다고 했다.

나는 재미있게 들으며, 만약 그렇게 되면 내가 엄청나게 대단한 존재가 되어 행복하면 좋겠다고 했다. 피터 오빠가 뜬금없이 "그런데 과연 남의 생각이 다 읽히면 행복할까?" 물어봤다. "그것은 새로운 차원의 지옥이지 않을까?" 하며 둘이 끄덕끄덕했다. 피터 오빠가 "생각들이 다 아름다우면 괜찮을까?"라고 다시 묻길래 "이해관계가 서로 아무것도 없으면 그게 가능하려나?"하고 양치를 하러 아름답게 해산했다. 이런 종류 토론은 항상 진지하지만 밑도 끝도 없이 흘러가다가, 이렇게 불시에 결론 없이 끝나고는 한다.

아무리 생각해도 3차원 이 세상에서 모든 사람과 이해관계가 없기는 어렵겠지. 생각하며 치약을 짜던 중이었다. 예전 같은 팀이었던 빠리가 다가오더니, "연말 잘 보내."라고 말하며 살짝 안았는데, 머리가 살짝 가벼워지고 위로받는 느낌이 들었다. 빠리도 그랬나 보다.

우리는 같이 "어? 이거 좋다!"하고 한 번 더 꾹 안았다. 고민해봤자 소용없는 것은 이런 게 답인 거겠지!

순간 대단하다는 생각이 들었다. 회사에 이렇게 서로 안고 안아줄 사람이 있다.

한 회사를 10년 다녔다. 좀 더 친절했어도 좋았을 일도 있었고, 좀 더 화냈어도 될 일도 있었다. 기쁜 일도 화나는 일도 겪고, 좋은 사람도 미운 사람도 생겼다. 매달 통장에 스치듯 돈이 들어와서 나를 먹여 살렸다. 많은 경험을 하고 다양한 사람들을 만나게 해준 회사가 고맙고, 이 모든 것을 경험한 나도 대견하다. 가끔 힘들다고 투덜거렸지만 정말 열심히 살았구나 싶다.

생각해보면 화나는 일이 있을 때도, 미운 사람이 있을 때도, 결국 내가 화났던 대상은 나 자신이었다. 사소한 일에 화가 나는 나, 억울한 일을 당한 나, 슬픈 나, 무력한 나. 이런 나를 부정하고 싶었다. 내가 나 때문에 화가 나고, 나 때문에 속상하다고 생각하고 싶지 않아서 상황 탓도 하고 남 탓도 했다.

하지만 내가 이 모든 순간에 나를 위해서, 내가 행복하기 위해서 최선을 다해왔다는 생각이 문득 들었다. 내가 나를 나쁘게 하려고 한 행동이 단 하나도 없었다. 화난 나도, 억울한 나도, 무력한 나도, 다 나를 위해 최선을 다한 '나'다. 단편적인 결과가 어떻더라도, 모든 순간 나를 위해서 선택하고 행동했던 나라고 생각하니, 외면하고 부정하고 싶었던 나의 모습도 사랑스럽고 고맙게 느껴졌다.

내 인생은 아직 한창이니까 아직 결과를 말하기에는 이르지만, 결과란 무엇이며 그게 또 뭐가 중요하지. 난 책의 등장인물도 아니다. 어떤 결과가 필요한 것이 아니라 매 순간이 가장 소중하다. 나는 계속해서 더 훌륭하고 우아해지겠지. 매 순간 나를 위해 최선을 다하니까.

거기에다가 나는 나의 행복만 오롯이 책임지면 된다. 타인의 숨을 대신 쉬어 줄 수 없는 것처럼, 타인의 행복은 내가 무엇을 해도 전적으로 책임질 수 없다. 설사 나로 인해서 행복하거나 불행해질 사람이 있더라도, 내가 행복하다면 종국적으로 '행복한 나'로 인하여 기쁠 사람이다. 그 사람도 그 사람의 행복을 위하여 항상 최선을 다할 것이고 나는 그 행복을 인정해주면 된다. 홀가분하다.

앞으로 무슨 일이 있더라도, 이것은 확실하다. 난 항상 나를 위해 최선을 다

할 것이다. 이런 든든한 나와 함께 내일도 모레도 그다음 날도 든든한 마음으로 일어나서 우아하고 웃기게 하루를 보낼 것이다.

나는 웃긴 쪽 편 들고, 내 편은 항상 나지.

아빠, 엄마, 낙타, 할머니, 막내, 똘방이 그리고 할아버지, 돌돌이들, 솔이, 깍두기 둘레와 홍타.

이너네셔널과 잘줄있, 틱, 퀘퀘 꿈동산과 히묘, 빠리, 한나와 친구, 동료들 그리고 중고 수건 러버에게 고마움과 사랑을 전하며.